La Malvenue

Claude Seignolle

La Malvenue

roman

FRANCE LOISIRS
123, Boulevard de Grenelle, Paris

Edition du Club France Loisirs, Paris
avec l'autorisation des Editions Phébus

ISBN 2-7242-4509-1

Note de l'éditeur

A l'aube de ce siècle, la peur avait encore la forme de ces spectres indistincts qu'engendre la nuit noire, la vraie nuit. On oublie à quel point la fée Électricité a bouleversé le théâtre imaginaire de nos terreurs intimes. Avant les deux guerres, en ce temps ambigu que nombre de nos contemporains ont connu et qui pourtant s'efface déjà dans un lointain de légende, la nuit régnait en maîtresse absolue sur la moitié des heures qu'un homme avait à vivre, trouée seulement de quelques lueurs dansantes : scintillement incertain des étoiles, feu de l'âtre, flamme de la chandelle ou de la lampe Pigeon, clignotement du réverbère à gaz planté au coin des rues. La nuit était une nuit digne de ce nom. L'électricité nous a permis d'exorciser ses noirceurs, d'en repousser au loin les périls supposés. Elle en éclaire aujourd'hui les mystères d'un jour cru, immobile. Les ombres, sous son règne brutal, ne dansent plus. Les cœurs craintifs trouvent dans ce spectacle glacé, éclairé a giorno, *de quoi apaiser leurs vieilles appréhensions – même si ce qu'ils y découvrent n'a pas toujours de quoi rassurer. Disons que la lumière moderne a donné un nouveau visage à nos angoisses. Surtout, elle cherche à nous persuader que la peur et son cortège de menaces viennent du dehors, ne sont pas directement notre fait – ce qui est une bien naïve illusion.*

Claude Seignolle nous renvoie d'autorité à ce monde d'il y a cent ans à peine, où la nuit noire permettait à nos hantises de prendre corps. Le dormeur réveillé en sursaut par un bruit inexplicable n'avait sous la main aucun interrupteur (le bien nommé!) pour mettre fin à son tourment. Il lui fallait battre le briquet, allumer la pétoche qui ne quittait jamais le chevet du lit, arpenter pièces et couloirs la lumière à la main, au risque de faire grimacer d'étranges figures sur les murs, avant de regagner la tiédeur des draps, plus ou moins rasséréné : il n'était jamais sûr, le noir aidant, d'avoir bien vu. Il fallait souvent attendre le jour, la vraie lumière, pour en avoir le cœur net.

Les images de la peur qui avaient cours alors, en littérature comme dans la vie de tous les jours, rejoignaient celles qui hantaient nos plus lointains ancêtres, grands distillateurs de mythes et de légendes dont l'horreur même aidait à vivre – par comparaison. Ce n'est donc pas un hasard si Claude Seignolle, après avoir passé la première partie de son existence à recueillir, dans le sillage du grand Van Gennep, les traditions orales de nos provinces, se retrouve de plain-pied, lorsqu'il décide enfin d'écrire selon son cœur, dans cet univers où l'électricité demeure l'exception, où l'homme accepte encore d'affronter, par fantômes interposés, la part d'ombre qui remue en lui. Et ce n'est pas un hasard non plus si ses nouvelles et ses romans nous entraînent, presque obsessionnellement, vers ces campagnes écartées du Centre de la France où, du Berry au Gévaudan, la figure de la Bête a su rester vivante quasi jusqu'à nos jours.

Le fantastique trouve là un terreau naturel singulièrement propice à ses troubles desseins. Encore qu'il faille bien s'entendre sur les mots. Le fantastique dont il s'agit ici n'a que faire de l'attirail conventionnel du genre. Il tire au contraire sa force de conviction de croyances et de superstitions qui, pour n'avoir plus cours aujourd'hui (voire...), étaient il y a un demi-siècle à peine le pain quotidien de l'imaginaire collectif. On sait à quel point la société française même la mieux urbanisée (Fernand Braudel, entre autres, l'a magistralement montré) est restée, dans ses fantasmes intimes – poétiques ou politiques –, une communauté d'essence rurale. C'est dire si le fantastique de Seignolle, loin de nous égarer vers quelque ailleurs chimérique, s'ingénie à nous ramener au centre de nous-mêmes, à nous questionner sur la vraie nature de nos hantises et de nos désirs.

Qu'une œuvre comme celle-ci ait pu être rangée un temps dans la catégorie facile des histoires à faire peur (à faire fuir?) apparaît pour le coup parfaitement injuste. Il faut dire que l'itinéraire personnel de Seignolle n'a pas peu contribué à engendrer le malentendu. Ethnographe et folkloriste de formation, il décide un beau jour de mettre son savoir au service de la fiction – un peu comme Bartok à ses débuts, construisant une œuvre de musicien novateur à partir de matériaux d'origine populaire récoltés directement sur le terrain. Ses premiers récits sont publiés après la guerre chez un éditeur réputé « spécialisé » (Maisonneuve), ce qui leur vaut un succès d'estime auprès d'un public restreint. Quelques esprits vigilants – Cendrars, Mac Orlan, Lawrence Durrell – saluent l'irruption de ce nouveau venu avec un enthousiasme qui n'éveille pas l'écho attendu. Un éditeur ennemi du conformisme, Éric Losfeld, prend le relais avec des fortunes diverses. Bref, au seuil des années Soixante, Seignolle n'est reconnu que par une minorité de critiques avertis (au premier rang desquels Hubert Juin) qui n'arrivent pas à l'imposer pour ce qu'il est à l'évidence : l'un des premiers conteurs de ce siècle.

A partir de là, ses récits seront systématiquement repris – cette fois avec un succès qui ne se démentira pas – dans des éditions résolument populaires (collections fantastiques des Éditions Marabout) : ce qui lui vaut la faveur d'un large public... mais le classe, aux yeux frileux des fabricants de manuels littéraires, dans une sous-catégorie qu'il est de bon ton (en France en tout cas) de mépriser.

Il était temps, nous semble-t-il, de porter sur son œuvre le juste éclairage, et de la débarrasser en premier lieu des oripeaux de ce fantastique de pacotille dont on l'a, depuis vingt ans et plus, un peu hâtivement affublée : autrement dit, de la faire lire aux quelques milliers de lecteurs à qui elle était destinée *au départ et qui ne la connaissent souvent que par ouï-dire, induits en erreur par l'image déformée qu'ils s'en font.*

Ah! qui dira les torts de l'image, dont notre siècle fait si boulimique consommation... Seignolle n'est certes pas le premier écrivain de ce temps à s'être trouvé victime d'une enseigne bariolée mal à propos. Mais son cas est l'un des plus exemplaires que nous sachions de la myopie où se complaît le regard contemporain. Voilà pourtant un romancier et un conteur dont le verbe, profondément ami de l'ambivalente matérialité des choses, eût enchanté Bachelard. Mais son malheur, après tout, réside peut-être en ce qu'il s'entête à nous rappeler, au rebours de ce qu'il nous plaît d'entendre, que la superstition et la peur sont les compagnes inséparables de l'homme, et qu'il ne suffit pas de tourner un bouton pour que, d'un coup de projecteur, l'on se trouve quitte avec elles. Les rêves obscurs que nos cervelles civilisées continuent de remuer en secret, par-delà les feux rassurants de la rampe, ne sont pas moins menaçants que ceux qui hantent l'imagination des héros de ce livre, voués aux plus noires sorcelleries. Serions-nous même moins sorciers qu'eux? Rien n'est moins sûr. Qui veut faire l'ange, dit-on...

Comme quoi le fantastique, pour peu qu'il ait soin de mordre à bonnes dents dans l'incontestable réalité de la vie, cette réalité fût-elle celle du fantasme, peut nous en apprendre long sur nous-mêmes, à la première embûche d'un chemin qui, traditionnellement, en compte beaucoup. Un médecin viennois au tournant de ce siècle, se penchant sur l'œuvre du divin Hoffmann, maître incontesté du genre, insistait pour nous rappeler que les fantômes ont la vie dure. La leçon, nous semble-t-il, malgré tous les perfectionnements de l'ampoule électrique et des sciences en général, mérite encore d'être entendue.

J.-P.S.

I

L'air de cette nuit d'août pèse. Ce n'est pas encore le moment où l'haleine fraîche du matin délie les senteurs pour les répandre de loin en loin. Le silence peine à se glisser entre les bruits qui animent la nuit : coassements naissants des mares, réguliers et lassants comme des battements d'horloge; cris forts ou inquiets venant des bois que le noir rend encore plus mystérieux; craquements qui effritent la quiétude. La ferme de la Noue, aux murs crépis d'une chaux blême, brille à la lune au milieu de ses terres enlisées dans le sombre. Les volets de bois et les fenêtres sont ouverts pour aspirer le peu d'air errant. Sur les lits défaits, chacun dort d'un sommeil commun, profond, pénible. Les muscles ont gardé la cadence du labeur de la journée et par moments se mettent à moissonner dans le vide. Chacun souffre à froid mais ne se réveille pas pour fuir ce cauchemar d'efforts inutiles. Les femmes geignent d'épuisement. Elles sentent leurs reins se tordre comme si elles continuaient véritablement à relever les javelles hargneuses pourries de chardons agressifs. Dans leur tête déferle la blonde marée des blés et de ses mille gerbes à lier, à soulever, à porter sur un gerbier immense et orgueilleux qui réclame sans cesse son festin de grains et de paille. Les hommes, eux, fauchent la vision de cette mer de tiges renouvelées.

Mais, pour ceux de la Noue, ce surcroît de travail peut bien se mêler à leur sommeil. C'était le plus dur de la saison. A présent moisson est faite. Avant le crépuscule, le dernier rayon de soleil a lentement teinté, puis déteinté la haute meule au faîte orné d'une branche de frais bouleau, enrubanné de rouge qu'Antoine, le maître de la Noue, y a enfoncé d'un coup brusque et victorieux comme si, à lui seul, il venait de la vaincre. Ce geste a ramené le premier sourire sur chaque visage. Tous ont crié et agité leur chapeau au bout de leurs bras moulus. Antoine a annoncé que le repas de la *Poilée* serait pour le lendemain. En acompte il a donné quelques pintes d'un vin blanc qui, un moment, a fait jouvence.

Il n'y avait que cinq cents mètres pour revenir à la ferme mais, en arrivant, les conquérants du blé, jambes et bras soudain fauchés à leur tour, se mirent à jurer qu'ils n'auraient pu avaler un mètre de plus et s'affalèrent sur les bancs. Seul ce vieux trimard qui s'était loué la veille, et qu'avant personne n'avait jamais vu d'Ève ni d'Adam, ne semblait pas peiner autant que les autres. Il prit son temps pour s'asseoir, sortit lentement son couteau, l'ouvrit et découpa avec soin une mince tranche de tourte. Avec sa longue main osseuse et fine il racla la table pour ramener à lui les mies perdues qu'il porta à sa bouche jusqu'à la dernière en s'aidant de la lame usée. Ensuite il attendit que la Galiotte lui apporte son assiettée de soupe.

La vieille servante regarda l'homme avec bien plus d'attention qu'elle n'avait jamais consenti pour les dizaines d'autres trimardeurs de cette espèce qui avaient déjà frotté leur fond de pantalon sur les mêmes bancs. Celui-là n'avait pas les manières de ces vagabonds traînant de bourg en ferme et de ferme en bourg, commençant un travail, ne le finissant jamais, leur paresse étant à l'égal de leurs mauvaises odeurs. Non, celui-là ne sentait ni bon ni mauvais; il avait travaillé comme quatre et, une fois servie la soupe, il eut pour la femme un petit geste de la tête plein de gratitude et de respect, si bien qu'elle ne put se défendre d'un plaisir qui rosit ses joues griffées par l'âge. Il fut le dernier à aller se coucher et le seul à accepter la grange gorgée de foin au parfum entêtant.

Et maintenant, quatre heures de nuit recouvrent tout ce monde qui dort de force et travaille inconsciemment. Mais, dans sa chambre, Jeanne est réveillée. Si elle se sent légère et reposée, c'est que son jeune corps n'a pas eu à rejeter la sueur par tous les pores de la peau. Elle n'a pas le creux des main plein d'aiguilles de chardons; ni le cou et les bras mordus à rouge par le soleil. Elle est la fille de la maîtresse. D'autres travaux plus légers lui sont réservés. Henriette, sa mère, a pris deux parts de peine. Elle dit qu'à seize ans on fait tout mal, alors autant en faire le moins possible. Jeanne s'assoit sur son lit. Elle a l'impression d'étouffer. Elle remonte les manches de sa chemise de toile à fleurettes bleues, déteintes. Elle défait les boutons qui, devant, la serrent jusqu'au cou. Maintenant, elle respire mieux. Sa poitrine gonfle l'étoffe et l'écarte.

Soudain elle se redresse et se tend comme sur un appel. Pourtant rien ne parvient à ses oreilles que le raclement des grillons, le coassement des grenouilles et la caresse de la nuit glissant sur la terre. Brusquement, elle saute du lit. Elle n'aime pas rester ainsi éveillée. Ses pieds nus prennent le frais du carrelage. Elle ne sait que faire et s'apprête à se recoucher lorsqu'elle a la sensation d'une présence qui l'oblige à se retourner vers la fenêtre. Son cœur déploie ses battements à la façon d'un éventail et souffle une brève angoisse qui la fait tressaillir. Elle retrouve le calme en pensant qu'à cette heure tous ceux de la ferme s'efforcent de noyer leur fatigue dans le sommeil et que personne n'aurait envie de se promener dans la cour.

La porte de sa chambre est entrebâillée sur la salle. Un maigre feu brûle encore dans l'âtre. Des braises se consument dans la cendre. Par moments, une lueur plus forte caresse la plaque de fonte scellée au fond de la cheminée. Jeanne ne se rend même pas compte qu'elle a saisi sa jupe, qu'elle la met et qu'ensuite elle cherche ses sabots. Elle n'en trouve qu'un, mais pour ce qu'elle va faire, il suffit. Sans bruit, elle quitte sa chambre, va jusqu'à l'âtre qui l'attire. En passant près de la table, elle a soin de ne pas heurter le banc. Pour réussir ce qu'elle ne saurait à présent repousser, il faut que le silence lui soit complice. Arrivée devant les restes du feu, elle tend son sabot et, à gestes vifs, l'emplit des braises les plus grosses. Chose étrange, il lui semble flotter sur la mare rouge du carrelage. Et, plus étrange encore, le feu solide n'enfonce pas la douleur dans la peau de ses doigts. Le sabot est enfin rempli. Elle quitte la salle.

Sans hésiter, elle se dirige vers le chemin des Naullins. Là, de son pas léger, elle va, décidée. Un sourire farouche s'est figé sur ses lèvres serrées. Elle marche de plus en plus vite. La terre est chaude. Ses pieds nus en prennent la fièvre. Un plaisir sauvage pénètre sa chair, échauffe son sang. Bientôt, elle se met à courir en tenant à deux mains, devant elle, le sabot dont le bois fume, mordu par la braise. L'odeur âcre l'oppresse, la grise et trace un sillon de vie derrière elle. Au loin, le bois de la Croule tache la nuit d'une interminable bande noire qui se soude avec la crête de Sologne. Un léger brouillard flotte sur le trou d'eau de la Malnoue. La fille court, marche, court... Enfin, à dix pas d'elle, jaillit la meule. Elle est comme une grosse tour, bombée d'un gros ventre. Jeanne s'approche, touche les piques qui la hérissent.

A présent, son cœur bat à coups précipités, non d'avoir tant couru, mais de se trouver là, avec ce sabot qui fume; qui fume le mal. La fille tousse. Elle jette vivement les braises au pied de la meule et, se penchant, les souffle. Une petite flamme monte puis s'éteint. Sous de nouveaux appels elle revient et, enfin, s'empare de la paille. Une autre odeur, plus douce, s'ajoute à celle du bois brûlé. Jeanne rit d'un jet. Un rougeoiement perce dans les flancs d'herbe à pain. Il court comme a couru Jeanne pour venir jusque là. Déjà il atteint la hauteur d'un homme. Il continue de grimper. De longues flammes sortent comme autant de bras furieux. Effrayée, Jeanne recule à pas hachés. Tout de même, elle n'aurait pas cru que c'était aussi facile. Elle recule toujours. A certains moments, elle ressent l'angoisse. A d'autres, elle voudrait hurler de joie. Naissent flammes sur flammes qui mordent sans relâche le ventre de la meule et, en brûlant, le grain a d'infinis pétillements.

Enfin, le faîte s'écroule sur le dedans dévoré, blanc de feu comme le fer tiré de la forge. L'arbuste enrubanné, planté par Antoine, a un miaulement rapide. D'un bloc, la récolte en fusion s'écroule et crépite. Un grand souffle suffocant passe autour de la fille dont les yeux boivent ce carnage. Des flammèches volent au loin. Le feu décroît rapidement et la nuit se referme. Jeanne est déçue. Elle aurait aimé qu'il durât toujours.

Elle sait que son geste est pire qu'un crime, car personne ne saura qu'elle est coupable. Mais à présent, il est temps de fuir. Ceux des Naullins pourraient arriver. Déjà, leur chien s'est subitement mis à hurler. Elle se détourne. Elle va prendre son élan et courir, mais elle reste figée sur place. Sur le chemin, une ombre avance vers elle.

Pour ne pas crier sa frayeur, Jeanne porte ses mains à sa bouche. Celui qui arrive ne parle pas tout de suite. Il vient avec hésitation. Il va bientôt se trouver près d'elle. Enfin, elle entend une voix éteinte comme après un feu de peur.

– C'est toi, Malvenue!... et tout le mal qu'on s'est donné!...

La fille n'a jamais entendu pareille intonation. C'est à la fois de la stupeur et de la crainte. Et elle qui attendait la colère, les coups! Elle serre toujours son sabot vide, au-dedans rongé par la braise.

– Qui est là?...

– C'est moi, Lucas...

Alors elle réussit à forcer son rire. Si c'est Lucas, elle saura le faire taire. C'est un garçon et elle est fille. Il est domestique, elle est maîtresse. Malgré cela l'inquiétude lui reste.

– Les autres arrivent? demande-t-elle.

– Non, je ne pouvais pas dormir, je suis sorti dans la cour, je t'ai vue partir... Si j'avais su, je t'aurais arrêtée avant...

Jeanne est à nouveau forte. Elle s'approche du domestique. Son corps touche celui du gars. Lui aussi est à peine vêtu. Il sent ce corps moulé dans une chair douce. Il n'ose plus parler. Pourtant, ce brasier tout proche qui envoie vers le ciel sa fumée qui épaissit la nuit, devrait le forcer à réveiller les fermiers d'alentour afin qu'ils prennent la coupable et lui fassent payer son crime sur l'heure. Mais, maintenant que la fille a approché du sien son corps de diablesse, il est sans volonté.

Au bout d'un moment, elle s'écarte et le prend par la main.

– Viens, dit-elle d'une voix soudain dure, il n'y a plus rien de beau à voir ici, c'est fini...

Il la suit. Son pas est mal assuré. Elle ne le lâche pas.

La mâchoire serrée, Jeanne marche et le force à prendre sa cadence. A un moment elle parle, bas, comme pour elle seule.

– Faut pas chercher à comprendre, ça été plus fort que moi, c'est un peu comme si on m'avait forcée à le faire... Je n'y suis pour rien...

– Mais...

– Quoi encore?

– ... Mais on va savoir... Qu'est-ce que tu leur diras?

Elle a un vif rejet d'épaule.

– T'en fais pas, demain, y aura quelqu'un de prêt pour les gendarmes d'Angillon...

– Ça, alors... tu ne vas pas?...

La cour de la Noue est devant eux.

– Va te recoucher tout de suite, lui ordonne-t-elle avec force, tout ce que je te demande, c'est de ne jamais plus te rappeler... jamais...

Et elle se serre à nouveau contre lui.

Elle veut qu'il sache combien elle peut être femelle.

– Allons, va et tais-toi, ou sans ça...

Il n'ose pas l'étreindre dans ses bras comme il en a envie et, hésitant, il se dirige vers sa soupente, à l'autre bout du bâtiment d'étable. Il voudrait encore sentir contre lui la tiédeur de la fille. Enfin, il a un geste de dépit et se fond dans l'ombre. Jeanne entre sans bruit dans la grange où dort le trimard aux mains d'évêque. Dans le noir elle cherche un des sabots de l'homme. L'ayant trouvé, elle va dans la salle et le remplit de braises. Avant de ressortir elle passe par sa chambre prendre son second sabot.

Elle agit ainsi presque malgré elle. La même force qui l'a poussée à se lever, à courir, à mettre le feu à la meule, cette même force la pousse à présent vers la fosse. Arrivée là, elle lève l'une des dalles et jette ses deux sabots : celui qu'elle vient de prendre dans sa chambre, et celui avec lequel elle a porté le mal jusqu'à la meule. Elle verse aussi la braise que contient le sabot du trimard. Tout est aussitôt avalé par l'eau grasse du fumier. Jamais personne n'ira voir au fond s'il s'y trouve deux innocents sabots de fille. Elle en chaussera d'autres. Avec précaution, elle remet la pierre en place. Puis elle va poser, bien en vue sur le chemin des Naullins, le sabot à moitié brûlé de l'homme.

Alors elle est reprise par l'envie de dormir. Elle a tôt fait de revenir dans sa chambre et de fermer la porte. Elle a juste la volonté de monter dans son lit. Déjà ses yeux se ferment. Elle s'allonge. Ses cheveux châtains se déroulent et se répandent sur l'oreiller. Elle soupire profondément. Bientôt, elle dort, paisible, pendant que les autres de la ferme continuent à faucher, à ramasser inutilement des javelles qui ne sont plus qu'un tas de cendres fumantes.

~

Elle est tirée de son sommeil par des cris qui frappent les murs de la ferme. Parmi les menaces et les injures, elle reconnaît la voix forte d'Antoine et celle, aigre, de la Galiotte. La fille se soulève, cherche à se réveiller complètement. Le repos a alourdi ses paupières. Elle se laisse retomber, prête à dormir encore. Mais elle se souvient. Son cœur se serre. D'un bond elle est debout et court à la fenêtre. Elle aperçoit, devant le mur de la grange, gesticulant, criant, ceux de la Noue et les ouvriers loués pour la moisson. Ils font cercle autour du trimard. L'homme se tient immobile, les bras croisés. Il paraît bien plus grand et plus fier que les autres. Il se raidit pour ne pas répondre aux insultes qui tombent sur lui à coups rudes. A un moment, Antoine ramasse un lien qui traîne au sol et le lève vers l'homme comme pour le frapper. Tous font silence. Jeanne peut alors entendre le fermier.

– ... Tu n'as même pas le courage de répondre... tu ne sais quoi dire pour expliquer ton crime... On m'apprendra à être bon avec les bandits de ton espèce... Les gendarmes ne vont pas tarder à arriver, je t'assure que je vais leur donner la corde pour te pendre, il faut t'empêcher de recommencer ailleurs... Si ça se trouve, c'est toi qui as mis le feu à la grange de Presly, et, peut-être bien égorgé le vieux Brèlon, de la Garenne... J'ai envie de te fendre la figure en attendant que d'autres le fassent... J'en ai le droit... attends un peu...

Mais, laissant retomber son bras, il se calme. Avant de rejeter le lien à terre il crache à la figure du trimard. L'homme n'a même pas un recul. Son regard calme va, profond, de l'un à l'autre et, à part Antoine soutenu par une rage coléreuse, il semble que personne n'ose braver le froid de ses yeux bleus. Son visage est pâle comme du plâtre vif. Ses cheveux grisonnants sont dépeignés et le soleil y met comme une sainte auréole. Il n'a pas eu le temps d'enfiler sa veste râpée et rapiécée, ni de se coiffer de sa vieille casquette de drap verdâtre. Ses pieds sont nus. Sa main serre un de ses sabots. La Galiotte tient l'autre, brûlé à l'intérieur par la braise. Par moments la servante agite sa voix cassée.

– ... J'aurais jamais cru ça de lui... Un homme d'allure si honnête!...

Grattebois, l'ancien menuisier, le père d'Antoine, acquiesce gravement et cherche à tirer d'impossibles bouffées de sa pipe éteinte.

Jeanne est prise d'un tremblement. Sa culpabilité lui pétrit la gorge et appelle le sanglot. Pensant soudain à Lucas, elle se mord les lèvres et le cherche vite du regard. Le domestique se tient un peu à l'écart du groupe à présent silencieux. La fille voit que, par moments, il tourne la tête avec inquiétude vers la ferme. Jeanne comprend qu'il voudrait l'apercevoir et, tout à la fois, redoute son apparition.

Pas un instant elle ne pense qu'il peut l'accuser, elle craint seulement qu'il ne se trahisse par une parole ou une pâleur.

Alors elle revient vers son lit et se met à genoux, tout contre. Là, le visage niché dans les draps défaits, elle sanglote sans retenue. Pour étouffer sa peine elle mord l'étoffe de fil et de coton, fraîche, tout imprégnée de lavande. Peu à peu, elle se fait à l'idée d'avouer. Elle se dit qu'à elle, la fille de l'ancien maître, on n'osera peut-être rien reprocher. On ne la jettera pas en prison comme ce trimard innocent qui ne se défend même pas. Elle se relève, frotte ses paupières rougies de larmes, s'habille et, après avoir lentement passé ses deux mains sur ses joues pour calmer le feu courant sous sa peau, elle s'apprête à aller s'accuser devant tous. Déjà, elle a choisi les mots qu'elle dira. Pour avouer elle se mettra à côté de l'accusé. C'est à lui qu'elle s'adressera d'abord, lui demandant avant tout son pardon. Ensuite, viendra le moment de parler à Antoine, son beau-père. Pour mieux dire, elle cherchera l'aide du regard d'Henriette, sa mère, et de la vieille Galiotte toujours indulgente pour elle. Les autres n'auront qu'à partir se louer ailleurs. Quant aux gendarmes, on enverra Lucas les retenir sur le chemin. On leur dira de retourner au bourg, que ce n'est qu'une affaire de famille et qu'on s'est trompé en accusant un brave homme de vagabond sérieux qui n'aurait pas sué sang et eau pour mettre tout bêtement le feu à ce qui était en somme en partie son labeur. Pour la punir, Antoine lui donnera peut-être deux gifles. Elle les mérite. Deux, mais pas une de plus, ça n'en vaut guère d'autres et ne fera nullement repousser le grain perdu. Quant à Lucas, elle se trouvera quitte avec lui, ce qui sera tant mieux parce qu'au fond, il n'est pas du tout à son goût.

Elle attrape la poignée de la porte et, résolue, tire fort. Le grincement la rappelle à une autre réalité. Elle s'arrête. Une lourdeur se glisse dans sa nuque et, malgré elle, la force à baisser la tête. C'est alors qu'elle aperçoit, sur le sol, près du mur, ce morceau de pierre allongé qu'elle a trouvé l'avant-veille dans un roncier. Elle le ramasse d'un geste vif, un peu de la façon dont on se saisit d'une bestiole vivante capable d'une riposte ou d'une fuite. Mais la pierre est docile, juste à la forme de sa main. La fille la fait sauter pour la soupeser. Puis elle la serre jusqu'à s'en laisser l'empreinte dans la peau.

Une chaleur court dans son bras et meurt dans son cou. Cette ardeur nouvelle pénètre en elle, fait battre son cœur plus fort, pince ses narines. Ses yeux fauves brillent par à-coups. Le léger pli qui, de chaque côté de ses lèvres charnues, dit sa sensualité, se creuse, fait ressortir la rondeur veloutée des joues. Enfin, la déchirure étoilée, marquant la peau juste au milieu de son front et qui lui vaut les surnoms de « Marquée » ou de « Malvenue », perd sa couleur bleuâtre, devient rouge. Jeanne a alors un sourire haineux. Elle glisse la pierre sous le matelas et sort.

Maintenant rien ne peut l'arrêter et rien ne l'arrête. Les gendarmes d'Angillon sont arrivés. Déjà, ils ont passé les menottes au trimard et s'apprêtent à remonter sur leurs chevaux. Jeanne écarte les hommes qui injurient l'incendiaire. Lorsqu'elle est près de l'enchaîné, elle le regarde un moment en face et le toise avec le mépris le plus sincère.

– Vous êtes un sale vagabond, crie-t-elle enfin, je vous déteste, vous entendez. Je vous ai détesté dès l'heure où vous êtes arrivé ici...

Malgré eux les gendarmes sourient. Antoine pose sa main sur l'épaule de la fille.

– Allons, petite, lui dit-il paternel, calme-toi, il est comme sourd, tu perds ton temps, laisse-le partir vers le juste châtiment qu'il mérite...

– C'est ça, disent les autres, qu'on lui...

Et ils font le geste de se couper le cou, mais se gardent de dire le mot devant l'homme.

– Les jugements sont lents, explique le brigadier, il aura droit de se défendre... et s'il est bon menteur ce sera encore plus long...

– Je vous déteste... bandit... répète Jeanne.

– Elle est hargneuse, la Malvenue, constate quelqu'un avec moquerie.

– C'est un peu son bien, dit un autre, avec bon sens.

A présent qu'ils tiennent un coupable au bout de leur chaîne, les gendarmes sont impatients de repartir. Le brigadier remonte en selle et, en s'éloignant, crie encore à Antoine :

– ... On vous convoquera d'ici peu, l'homme aura sans doute fait des aveux...

A ce moment Jeanne est prise de fureur, elle

s'approche de la Galiotte et lui arrache des mains le sabot accusateur.

– Arrêtez, leur crie-t-elle, arrêtez, vous oubliez le témoin qui parle contre lui...

Et elle court à eux. En tendant le sabot au brigadier, elle rencontre le regard du trimard. Il lui va droit au cœur et lui fait mal. Mais elle ne cille pas. L'homme saisit une flamme dans les yeux de la fille. Il soulève les épaules avec peine et hoche lentement la tête. Ensuite il se retourne vers les autres de la Noue.

Comprenant qu'il va parler, ils s'avancent de quelques pas. L'homme tend ses deux poings prisonniers vers Jeanne qui, dressée, continue à le braver. Sa voix est rude, forte mais non désespérée.

– ... Il faut que vous sachiez que vous avez chez vous une fille qui aime faire le mal... Son front porte la marque de l'enfer... Un jour proche elle sera punie comme elle le mérite...

Sans rien ajouter, il se retourne vers les gendarmes et leur fait signe qu'il est prêt à les suivre.

L'homme emmené, chacun dit son mot. Ce ne sont pas les maîtres qui se lamentent le plus, mais les ouvriers loués pour la durée de la moisson. Ils savent qu'Antoine n'a plus aucune raison de faire le repas de la *Poilée*, mais ils ont si bien pensé à tout ce qu'ils pourraient engloutir ce jour-là qu'à l'idée seule qu'ils ne vont rien avoir, des crampes leur viennent, douloureuses. Tous ne songent qu'à se plaindre amèrement d'avoir été ainsi lésés par la faute de ce maudit trimard, doublement criminel.

L'un d'eux s'approche d'Antoine et parle au nom de ses camarades. Les autres, silencieux, approuvent de la tête chacun de ses mots.

– Nous partons, dit l'homme... ça n'est pas nos regrets qui vous ramèneront les charretées de gerbes brûlées... Faut souhaiter que l'année prochaine, pour le travail et le repas de fin des moissons, on aura plus de chance, vous et nous... Pas vrai les gars ?...

– Ça, pour sûr, répondent-ils sur un ton où perce goulûment toute leur déception.

Antoine lit la contrariété sur leurs visages masqués de poussière collée par la sueur.

– Attendez, dit-il, je ne voudrais pas qu'on raconte qu'à la Noue on ne tient pas promesse... Le mal est fait mais ça ne vous a pas enlevé votre peine... on va vous donner le vin mis de côté pour la *Poilée* et chacun de vous emportera un morceau du cochon qu'on devait cuire... Je vous demande seulement d'aller faire fête ailleurs, ici on n'a pas le cœur à s'amuser...

Ils n'en veulent pas plus. Aussi, pendant que chacun reçoit sa part de boisson et de viande, se mettent-ils à plaindre Antoine et les siens plus que de mesure.

– Vous en faites pas, dit la Galiotte, qui va et vient avec des morceaux de porc salé, on a vu du malheur pire que ça... tenez, rien que la mort de ce pauvre Moarc'h !... Il était dans la force de l'âge... c'est un malheur qu'on aurait pu éviter...

Elle s'arrête net. Henriette, puis Antoine la regardent durement. Un silence souligne sa dernière phrase. Mais aucun des hommes ne paraît remarquer la gêne de la vieille servante, ni celle du fermier et de sa femme. Ils sont trop occupés à placer dans leur musette crasseuse la part méritée de cette semaine de supplice.

– Si seulement vous aviez un chien, dit le plus vieux des journaliers, en faisant siffler ses mots sur ses dents pourries par la piquette, on l'aurait entendu aboyer et, dame, on aurait peut-être pu faire quelque chose à nous tous... Pas vrai les gars?...

Ils ont des gestes affirmatifs.

– Seulement, voilà, continue le vieux, vous n'avez pas de chien... même que vous êtes les seuls de toute la région à ne pas en avoir... Si vous en voulez un, des fois, je connais...

Henriette l'interrompt et montre sur le mur de la salle un morceau de chaîne qui pend à un anneau. Dessous, l'eau des pluies a fait une pissée de rouille sur le crépi.

– Y a bien des années, dit-elle, pensez c'était avant la naissance de la fille, on en avait un bon, mais il est devenu fou et, une nuit, il s'est enfui... Depuis on a bien essayé d'en garder d'autres mais, y avait pas, fallait qu'au bout de quelques jours ils partent aussi et rien ne pouvait les retenir, pas même la chaîne. Allez comprendre les bêtes... On n'a même plus cherché à en avoir. On fait comme on peut. Le vacher se donne plus de mal et ça va tout de même. C'est une question d'habitude...

Lorsque les musettes goulues sont pleines, les hommes vont rassembler leurs vêtements. Après avoir longuement regardé s'ils n'oublient rien, ils partent les uns vers le bourg, les autres vers d'autres fermes. Au coude du chemin, ils se retournent et font d'indifférents gestes d'adieu.

Le soleil monte droit et frappe sec. Il est à présent dix heures. Les vaches meuglent sur leurs mamelles gonflées. La matinée s'est passée en discours qui ont encore ajouté à la perte de la meule. Les traits toujours tendus, Antoine fait signe à Lucas et au vacher de le suivre. Tous trois se rendent à l'étable où le travail du matin reste encore à faire. Henriette va chercher le seau à traire. Alors Jeanne s'approche de la Galiotte. La servante essuie soigneusement ses mains grasses de petit salé avec son tablier de toile bleue. Le sel s'est glissé entre ses doigts presque raides et mange les crevasses qui restent là, été comme hiver.

– Galiotte, dit Jeanne en regardant la femme dans les yeux, Galiotte pourquoi on ne veut pas qu'on sache comment est mort le père?... Raconte-moi. Je te jure que je n'en dirai rien à personne... A présent je ne suis plus une gamine... J'ai seize ans et je veux savoir... J'ai le droit...

D'un mouvement brusque, la vieille tourne la tête. Sans finir d'essuyer ses mains, elle laisse retomber son tablier et, de son pas saccadé, part rejoindre Henriette.

Sur le coup de onze heures, ceux des Langlois arrivent à la Noue. En passant, les gendarmes leur ont appris le crime de l'homme qui marchait entre leurs bêtes. Il y a là Germain et Léon Turpault. Les deux frères s'assoient sur le bord de l'abreuvoir et écoutent gravement le récit que leur fait Antoine. Lorsque le fermier a fini, ils hochent la tête et lui disent quelques mots de consolation en pensant que, pour un peu, ils ont failli être les victimes. Le même trimardeur s'est présenté six jours avant chez eux, aux Langlois. Ils l'ont engagé sur sa bonne mine. L'homme a tout de suite travaillé comme trois malgré son âge, et ne s'est jamais plaint du labeur. C'était un maître faucheur comme peu s'en trouve. Seulement, juste l'avant-veille, alors qu'il fauchait depuis l'aurore, il a brusquement jeté sa faux et est parti sans un mot, comme soucieux d'événements que lui seul devait savoir. En cherchant à le retenir, Germain a vu l'inquiétude qui ridait son front haut et noble. Ni les bonnes paroles, ni les promesses n'eurent raison de sa subite décision.

Les trois hommes se regardent un moment, silencieux. Enfin, les Turpault partent, se félicitant de l'avoir échappé belle. Comme ils viennent de tourner le chemin, paraît Blaise, le fils de Léon. Il arrive des Naullins. Antoine est entré dans la salle. Jeanne en sort à ce moment, un seau à la main. Elle se dirige vers le puits. En apercevant le gars, une lueur de plaisir court dans ses yeux, mais elle ne s'arrête pas et lui crie, avec indifférence :

– Te voilà... t'arrives trop tard, les tiens viennent juste de repartir, si tu veux les rattraper, dépêche-toi... Au revoir...

Et elle s'affaire pour accrocher le seau à la longue chaîne du puits. Elle laisse filer les anneaux de fer entre ses mains. Au contact de l'eau, le fond du seau renvoie un bruit sourd. Blaise s'approche de Jeanne. Il n'ose lui parler. Jamais elle ne lui a adressé la parole aussi durement et, pire, voilà qu'elle feint de le croire parti. A un moment, malgré elle, sa tête se tourne vers lui qui, aussitôt, sourit. Ses lèvres se tirent, découvrant ses dents de jeune loup. Alors elle se fait farouche. Sans répondre à ce sourire, elle met un genou sur la margelle et, à grands gestes, remonte le seau plein. L'eau saute par plaque, et retombe le long des parois comme une pluie d'orage, si bien que le seau arrive à moitié vide. Blaise l'aide à le déposer sur la pierre. Pour tout remerciement, elle le toise de la tête aux pieds. Son front se plisse. Elle veut paraître hostile mais, sur chacune de ses joues hâlées, une légère fossette dément son attitude. Aussi le gars éclate-t-il d'un bon rire, fort et sain.

– Toi tu veux t'amuser de moi, dit-il, on dirait que ça te fait plaisir et, ma foi, je ne sais plus si tu es contente de me voir ou si je ne te plais plus... Pourtant y a trois jours, tous les deux... Tu te rappelles ?

Jeanne secoue ses cheveux couleur d'automne qui se répandent sur ses épaules. Puis, tendue vers lui qui la dépasse d'une tête, elle lui dit, en le tenant sous son regard qu'elle sait dominateur.

– Tu n'as pas à savoir si j'ai du plaisir à te voir ou si je n'en ai pas. Pense ce que tu veux et si je te déplais ne reviens plus ici...

Blaise est décontenancé. Il ne s'attendait pas à une telle réponse.

– Ce que t'as changé... J'ai pas voulu dire ça, Malvenue...

Cette fois-ci la colère de Jeanne s'échappe.

– D'abord, je ne veux plus qu'on m'appelle Malvenue, tu entends... Ceux qui m'aiment ne doivent pas m'appeler comme ça, ça n'est pas ma faute si on m'a laissée tomber par terre aussitôt ma naissance à ce qu'on dit, sans ça je ne serais pas marquée au front... J'y suis pour rien, moi...

Et elle passe sa main sur l'étoilure qui marque le milieu de son front. C'est comme si un choc violent avait fait éclater la peau. Deux légers sillons en forme de croix la marquent et un reflet bleu s'y glisse parfois, mais, depuis la veille, il y a par moments une autre teinte, rouge celle-là.

– J'ai pas voulu... répète Blaise, gêné.

– Je sais, dit-elle en se calmant, on donne des surnoms sans penser à mal, en riant... puis on ne vous connaît plus que par ce nom et on se moque de vous toute votre vie...

Enfin elle baisse la tête. Il semble au gars que le soleil perd son éclat. Elle lui prend la main.

– ... Je ne veux pas que, toi aussi, tu aies l'air de rire de moi...

Sa voix devient douce et, même, tremble d'une tendresse contenue.

Blaise serre gauchement la petite main mouillée de Jeanne. Le gars est beau. Ses vingt ans éclatent sur sa figure mâle. La chemise, largement échancrée sur sa poitrine, allonge son cou et son visage hâlé. Ses cheveux noirs, courts, retombent en petites boucles sur son front haut. Il n'a pas l'allure lourde et déhanchée des siens, ni la dureté dans les mots. Jeanne sait le prendre. Il est fait pour elle. Mais, depuis qu'elle a trouvé cette pierre, il y a en elle un besoin de le faire souffrir, lui et tout le monde. Et elle sent ce besoin affamé tel un chien errant.

Comme Blaise prend la main de Jeanne, Lucas sort de l'écurie. En les voyant tous deux si près l'un de l'autre, il s'approche à grands pas. Ses lèvres se pincent de dépit et une rougeur court sur ses joues salies de sueur. Sans être aussi grand que le gars des Langlois, il est au moins aussi fort. Les muscles de ses bras saillent à chaque geste et sa poitrine épaisse tend toujours la chemise. De dix ans plus âgé, lui aussi a envie de Jeanne. Et, depuis la nuit passée, il sait qu'il marque une avance sur ce Blaise toujours souriant et sensible comme une fille. Aussi, tout en approchant, Lucas pense que le gars des Langlois vient de perdre gros cette nuit et qu'il est loin de s'en douter, sans ça il ne resterait pas là, à faire inutilement le joli cœur. Cette pensée lui redonne de l'aplomb. En l'apercevant, Jeanne repousse Blaise. Elle prend le seau et part, chantonnant, narquoise. Le départ précipité de la fille rend Lucas ironique et agressif. Il dit au gars des Naullins :

– Tu peux t'en aller maintenant... Tu vois bien qu'elle n'est plus là !...

– Bon, bon, répond l'autre, apaisant, sans quitter des yeux la porte de la salle où Jeanne est entrée. Mais il n'a pas le moindre regard pour Lucas qui, les poings sur les hanches, cherche à le provoquer par des ricanements. Enfin, il s'éloigne d'un pas court et lent comme s'il avait de la peine à arracher ses pieds du sol.

Lucas pénètre à son tour dans la salle. Près de la cheminée, le dos tourné, la Galiotte prépare le repas. Le long d'un mur s'alignent, vides et inutiles, les marmites sorties pour faire la *Poilée* des moissons. Courbé par une quinte, Grattebois se tortille au bout d'un banc. Avec peine il crache ses râles sur le carrelage. Lucas n'aperçoit pas tout de suite Jeanne. Elle est dans sa chambre mais, dès qu'elle le voit par la porte ouverte, elle lui fait signe de venir. Après une hésitation, il entre. La fille referme la porte et lui parle à voix basse, comme pour le préparer à un mystère.

– Tu ne raconteras à personne ce que je vais te dire?... Tu le promets?

– Ça... pour sûr, oui...

Anxieux, le cœur soudain lourd, le domestique se sent prêt à toutes les promesses, comme à toutes les damnations.

– ... Eh bien, j'ai là une pierre qui donne un pouvoir...

Et elle glisse son bras sous le matelas pour en retirer la pierre qu'elle y a cachée. Elle la tend à Lucas. Son geste est si brusque et si inattendu qu'il a un recul. Comme il hésite à la prendre, elle lui met de force le caillou dans la main. Alors il ressent un apaisement : il s'était un instant imaginé qu'elle allait lui dire qu'elle ne voulait plus de lui.

– ... Qu'est-ce que tu en penses?... dit encore Jeanne.

Il a une grimace.

– ... Bah! c'est une pierre comme les autres... ça ne peut pas donner de pouvoir... C'est pour ça que tu veux faire un secret?

– Regarde bien... tu vois rien?... dis...

– Je ne vois rien du tout...

– Regarde donc mieux au lieu de loucher par terre...

Elle est secouée par une impatience qui fait voler ses cheveux sur ses épaules.

– ... Et ça, c'est pas le creux d'un œil? dis... Et là, c'est pas la forme d'un nez usé... hein?... Vois donc les lèvres qui sont dessous...

– Peut-être, murmure le gars après une hésitation.

La fille replace la pierre dans sa cachette. Dans la salle, Grattebois tousse et crache toujours. A un moment, la Galiotte lui crie d'aller faire ses saletés ailleurs.

– Oui, continue Jeanne en venant se mettre à côté de Lucas, j'ai trouvé ça avant-hier dans un coin que je te montrerai, tout à l'heure, après le manger, il y a là-bas des morceaux de pierre sculptés de toutes les grosseurs... On les a creusés pour leur donner des formes d'oreilles, de menton, de nez... De tout ce qui fait une tête... Et moi, je te dis qu'un pouvoir est dedans, c'est pour ça que je t'ai demandé de ne pas raconter...

– Ah, fait Lucas, et quel pouvoir ça donne?

Elle le tire à elle et lui parle de près. Ses mots sifflent. La domestique en tressaille.

– Comprends... C'est cette pierre qui m'a donné la force de me lever cette nuit et de mettre le feu à la meule. C'est elle qui m'a poussée à le faire, parce que je l'avais longtemps gardée contre moi, hier soir, avant de m'endormir. A présent tu comprends son pouvoir.

Inquiet, il cherche à se reculer. La fille croche ses ongles dans sa peau, à travers la chemise.

– Oui, continue-t-elle, sans elle j'aurais bêtement dormi et je me serais réveillée sans plaisir, comme chaque jour de l'année, tandis que maintenant je sais que je vais prendre plaisir quand je voudrai et qu'elle m'y aidera...

Dans une frayeur subite, Lucas se raidit.

– Tu ne vas pas encore mettre le feu, dis?...

– J'en sais rien, je ferai ce qui me viendra dans la tête. Je sens qu'il me suffira de tenir cette pierre pour que je devienne assez forte...

Puis, après un silence, elle ajoute, moqueuse :

– Tu vois, je te mets dans mon secret... tu es mon complice...

– Tu veux plaisanter, Jeanne...

– Tu crois que j'ai plaisanté cette nuit?... Et avec le trimardeur?... Tu penses aussi que je plaisanterais avec toi?...

Elle rit. Lucas, lui, n'a pas envie de rire. Il recule jusqu'à la porte et saisit nerveusement la poignée. Jeanne le menace du doigt.

– Surtout ne répète à personne ce que tu viens d'apprendre... Tout à l'heure, je te montrerai la cachette...

Lucas tire la porte. Tout de suite la Galiotte l'assaille de mots aigres.

– C'est pas ta place dans cette chambre, garnement... Tu ne peux pas laisser la fille tranquille... qu'est-ce que tu lui voulais encore?

Il baisse la tête et va s'asseoir. Antoine arrive à ce moment. Les paroles de la Galiotte lui font plisser les paupières avec suspicion. Jeanne sort à son tour. Antoine la regarde longuement et découvre en elle certains détails qu'il n'a encore jamais remarqués. Aussi ne peut-il repousser la vision du défunt Moarc'h, le Breton, l'ancien maître de la Noue. Alors, il devient grave et, instinctivement, se signe, lui qui n'est pas si croyant que ça.

~

C'est l'heure de la méridienne. Dans les fermes, chacun se laisse aller à une somnolence qui détend les muscles noués par le travail. Les rayons du soleil sont autant de torrents de feu qui inondent la terre. Ils font déferler des vagues de chaud qui ondulent à hauteur d'homme telle une houle et déforment l'horizon. Par ce temps de canicule les mouches jaillissent d'on ne sait où, par essaims, et se dispersent en mille bourdonnements. Elles s'encouragent à piquer, comme à l'approche de l'orage. Le ciel est trop bleu. Il est aussi lourd que profond. Seuls les grillons sont à la fête et chantent d'interminables louanges. Sur le chemin de la Croule, Jeanne avance sans se soucier du soleil qui, du zénith, s'acharne à frapper partout à la fois, de toutes ses forces. Lucas la suit tant bien que mal. Il porte, roulé sous le bras, un sac de chanvre mou comme un lièvre mort. Le gars regrette le sombre de sa soupente et son lit aux relents de sueur. A chaque arbre, son regret se fait plus amer. Là, sous ce chêne feuillu, il pourrait s'allonger, s'étendre à plat ventre et nicher son visage dans le creux du bras, sommeiller et, surtout, trouver la caresse fraîche de l'herbe épaisse.

– C'est encore loin?... gémit-il.

Ses mots sont empâtés sur sa langue. Jeanne ne répond pas. Elle est loin devant. Une poussière se lève derrière elle. Elle prend à droite et remonte vers le bois. Le chemin est moins visible. L'herbe ne laisse plus passer qu'une sente et gagne petit à petit comme une plaie qui se cautérise. De chaque côté les prés, tondus ras le mois passé, travaillent à faire du regain. Bientôt, la sente s'arrête net. Elle bute contre un grillage qui retient l'invasion redoutée des lapins et de leurs jeunes, ces rabiolots inquiets, vifs, cette année aussi nombreux que les étoiles une nuit d'été. Lucas rejoint Jeanne. Ils sautent le grillage. Le sol est mou. La lande prend la chaleur et la rend comme une éponge.

– C'est là?... demande-t-il.

La tête de Jeanne va lentement d'un côté à l'autre.

– Viens, dit-elle soudain.

Et, tout de suite, elle court vers un autre grillage qu'elle saute, légère. Lucas se décide à repartir, à courir, à sauter, à courir encore. Non loin, dans un vallonnement, contre la pente de Sologne, apparaissent de hauts joncs. Ils font une grosse tache verte. Derrière, s'étend un grand carré sableux que l'on dirait taraudé par le labeur de mille taupes ayant creusé cent ans.

Le gars ralentit le pas et lui crie.

– Tu ne vas pas à la Malnoue, des fois?...

Sans s'arrêter, elle tourne la tête vers lui. Elle a un geste moqueur. Il entend des bribes de mots qui le rassurent.

– Non... grand bêta... et après?

Sur la gauche court une haie de ronciers, crêpue comme une tignasse de charbonnier. Jeanne y va droit. Bientôt, elle est contre et a un bref sursaut. Un bâton repose sur le sol. D'un côté, il est blanc; de l'autre, il est roux et vert. Il est détendu comme une couleuvre morte. Tout de suite la fille a pensé ça. Elle sourit de sa méprise et le ramasse. Elle s'en sert pour écarter les ronces à l'endroit où elles sont desséchées et sans feuilles comme si un feu les avait roussies. Le domestique s'approche. Il se penche pour voir dans le trou d'ombre que Jeanne vient de creuser avec le bâton. A ce moment, elle s'exclame.

– Tiens, regarde celle-là...

Elle enfonce son bras sans se soucier de la douleur. Les épines arrachent sa peau moite. Sa main ramène une pierre moussue qu'elle gratte avec vigueur. Alors apparaît, encadrée par des arêtes vives, la forme grossièrement sculptée d'une oreille et d'un morceau de joue lisse comme du marbre.

– Vois, dit-elle, celle-là est presque aussi belle que l'autre...

Le plaisir rayonne en elle. Lucas la dévisage fixement. Il est à cent lieues de la pierre. Jeanne est devenue irréelle de beauté. Il semble aux yeux du gars que ce n'est plus la fille de la Noue, mais une statue redevenue un instant vivante qui, peu à peu, se fige à nouveau. Il pousse un cri de stupeur. Aussitôt, le charme est rompu. Jeanne s'anime et se gausse.

– Bien quoi? qu'est-ce qui te prend?...

Pour cacher son trouble, il touche la pierre qu'elle tient dans la main. Malgré lui, il cherche à se souvenir où il a bien pu voir cette forme de caillou. Ce n'est pas la première fois qu'il est frappé par cette pointe prolongeant l'oreille, telle une griffe.

– Dis, Jeanne, comment as-tu su qu'il y avait ça ici... il me semble avoir déjà vu une oreille de pierre toute pareille...

La fille le regarde gravement. Il voit qu'elle hésite à lui dire. Enfin, elle parle. Il suit la petite flamme qui grandit dans les pupilles fauves à mesure que viennent les paroles.

– Je ne sais pas... ça a été plus fort que moi, c'était avant-hier, je me suis rappelé que la Galiotte et la mère se signaient toujours en passant là... Et puis, il y a aussi ce trimard qui s'est mis à me faire des remontrances dès son arrivée, comme s'il m'avait toujours connue.

– Qu'est-ce que tu veux dire?...

– Oui, en voyant que je ne venais pas avec les

autres pour les aider, il m'a dit comme ça : « Petite, tu devrais nous donner la main au lieu de courir inutilement les endroits défendus. Ça te jouera un méchant tour... Ne va pas où tu penses aller, n'y va pas... tu serais punie. »

– Et tu voulais aller où?...

– Ici... Mais je n'aime pas être commandée; il a même voulu me forcer à rester en me prenant par le bras... Je n'aime pas ça non plus... « N'y va pas, tu serais punie », qu'il a encore répété... Pour l'heure, si l'un de nous est puni, c'est bien lui...

Lucas met son rire sur celui de la fille.

– Tu racontes toujours des histoires, dit-il; en tout cas, ce qu'il t'a dit n'était pas bien méchant, il a voulu s'amuser à te faire peur... Il t'a prise pour une peureuse...

– Peut-être, mais ça ne m'a pas empêchée de venir ici et puis je ne pouvais pas faire autrement, une force m'attirait...

Elle tourne la tête vers le roncier.

– ... C'est cette force-là que je sens quand je touche une de ces pierres... Tiens, en ce moment!...

Elle s'arrête net. Des branches mortes ont craqué, loin derrière la haie. Jeanne et Lucas se tendent sur la pointe des pieds. Tout de suite ils aperçoivent Blaise. Il vient vers eux en longeant l'autre côté du roncier. On dirait qu'il braconne. Il marche en baissant la tête et, par moments, donne des coups de pied dans les broussailles. D'une rapide poussée, la fille oblige Lucas à courir vers le bois proche.

– Vite, allons nous cacher, le presse-t-elle.

Surprendre Blaise ne lui déplaît pas. Ils traversent un carré de jeunes bouleaux serrés comme à procession. Un long bruit de feuilles cascade dans le silence. Arrivés à la lisière des grands arbres de la Croule, ils s'aplatissent au milieu des fougères desséchées par l'haleine cuisante de la lande. Ils laissent reprendre leur souffle. Jeanne sourit de ses fossettes réapparues. Lucas est pâle de dépit. Que vient donc faire cet autre qui est en trop? Ils restent un moment à sentir la fraîcheur du bois se glisser en eux. On ne voit plus Blaise. Il est déjà reparti. La fille paraît déçue. Lucas sourit de contentement. Mais, soudain, il se lève d'un bond, comme s'il venait d'être mordu. Aussitôt, il force Jeanne à se lever aussi. Une fois debout, il lui prend les bras. Ses mains serrent à briser. La fille a un cri de douleur.

– Laisse-moi donc... Tu es devenu fou...

Mais il subit une frayeur incompréhensible. Ses mots peinent.

– Malvenue, à présent, je me souviens... Ces morceaux de cailloux, il faut les laisser où ils sont... Prends garde, le malheur est avec eux... Je me rappelle... Viens, partons tout de suite...

Jeanne veut se débarrasser de l'étreinte qui lui écrase la chair jusqu'à l'os. Il la lâche enfin et continue à parler avec autant de gestes que de paroles. Les veines de ses tempes se gonflent. Le sang lui monte à la tête et chauffe ses souvenirs qui éclatent sur sa langue.

– ... Viens, toutes sortes de malheurs nous guettent... On a jeté là ces pierres un peu après ta naissance... La Galiotte m'a fait jurer de ne plus penser à cette tête de pierre qui donne de mauvais sorts... Viens... il faut partir, le pire peut nous arriver si nous restons là...

La fille le repousse d'une bourrade en pleine poitrine.

– Tu n'es qu'un peureux et un niais, dit-elle méprisante. .

Il n'ose plus dire. Pourtant, il sait que ces morceaux de pierre ont fait partie d'une tête de statue. Et ce dont il se rappelle le fait frémir : ces frayeurs qu'ils ont tous eues à la Noue en ce temps-là, mais surtout l'étrange fin de Moarc'h, le défunt maître de la Noue, restée un mystère pour lui. A l'époque, il était très jeune, il n'a jamais su en détail tout le mal apporté par cette tête. On ne raconte pas à un gamin. Pour savoir le gros de cette histoire, il faudrait effacer les seize années d'oubli qui se sont écoulées depuis ce temps-là. Il faudrait se retrouver dans le crépuscule brumeux de cet automne 1896...

II

... Le crépuscule se ferme lentement sur le labour. Il durcit peu à peu la brumaille de novembre qui vient du ciel et sort de terre. Moarc'h tient à pleines mains les mancherons de sa charrue. Par moments, il se redresse pour chasser le poids du labeur posé sur ses reins comme un sac de farine mal équilibré. Ses pieds se tordent comme se tord la terre-mère découpée par le soc. A chaque écart de l'attelage, il jure contre les bœufs, contre son impatience et contre la nuit proche. Arrivé en tête du sillon, il mesure de l'œil le chemin qui lui reste à parcourir pour venir à bout de ce champ neuf si mal placé, affalé sur cette méchante pente, entre le bois et le marais. Il veut en finir avec ce travail qui le tient là depuis le petit matin. Il pourrait arrêter le labour à la limite des terres solides et se dire heureux. Heureux d'avoir repris ce bien nouveau sur la lande, hier encore stérile et sur le bois de la Croule aux racines crochées dans le sol depuis des siècles. Mais il veut plus. Vingt sillons peuvent être gagnés en sol neuf aux dépens de ce trou d'eau croupie; de cette Malnoue perdue au milieu des joncs et des herbes grasses. Vingt sillons qui peuvent lui faire risquer le pire. Sa tête travaille aussi à imaginer le balancement de longs cous d'herbe dorée, portant tête à grains. Et son désir de ne déjà rien perdre repousse le risque comme ses yeux cherchent à repousser le crépuscule. Il fait entrer l'attelage docile dans l'abord du marais. Les bêtes ne s'enfoncent pas dans ce sol qu'il croyait plus mouvant. C'est à peine si la charrue mord davantage. Sans bruit, l'acier couche la terre compacte. Une forte odeur d'argile monte du sol éventré.

Maintenant que semble avoir disparu la difficulté qu'il redoutait, Moarc'h encourage les bœufs. Il va jusqu'à fredonner une musique qui active leur cadence. Il sait comment charmer les bêtes : un sifflement court et des sons mélodieux, lancés justes, suffisent. Ses yeux ne quittent pas les pattes qui crochent dans le sol couvert de touffes de joncs et d'herbes vivaces. Tout en allant, le fermier de la Noue pense à la bêtise du défunt beau-père, à celle des autres aussi qui, avant lui, n'ont jamais osé porter le soc dans cette terre redoutée. Tout ça parce qu'aux veillées, on racontait que le marais et ses bords étaient maudits. Mille et mille bêtises... beaucoup trop pour un peu d'eau et de boue. Un sourire déplace les rides précoces qui creusent son visage osseux et carré de Celte, barré d'une courte moustache noire, taillée sans soin. Mais, petit à petit, son esprit se tend. Il éprouve le besoin de dissiper les idées qui se forment malgré lui dans sa tête. Il enlève sa casquette fripée par les pluies, raidie par la crasse. La peau de son crâne à moitié chauve est blanche; elle semble posée sur son visage brun de hâle et fait songer à une pomme de reinette, seulement épluchée sur le haut. Il se gratte rapidement le tour de la tête et se recoiffe d'un seul geste. Et pendant qu'il conquiert sillon sur sillon, il pense que génération après génération on a bien laissé perdre mille hectos de bon grain, sans compter une montagne de paille. Il pense que tout cela est à jamais bel et bien perdu. De dépit, autant que pour se détendre, il remue ses épaules.

Mais là s'appuie la sensation d'un poids nouveau. La nuit se fait. Le brouillard s'épaissit et mousse sur le marais proche. Le Breton ressent tout d'un coup la fatigue d'un labeur double. Un peu comme si le haut de son corps peinait à s'ouvrir un sillon dans ces fumées. L'impression lui est venue aussi qu'il prend le brouillard avec sa bouche et qu'il l'avale. Un goût de fer et de feuilles mortes, semblable à celui de certaines sèves empoisonnées, lui reste sur le palais. Il n'ose plus respirer qu'à souffles courts. Quelque chose l'oppresse. Il se sent seul avec ce mystère dont il se gaussait un nstant avant. Il a soudain hâte d'en finir, de rentrer à la Noue. Mais un sillon en appelle un autre, aussi vrai qu'un verre demande à être rempli aussitôt vide. Il serre plus fort les mancherons de bois. Le silence est devenu si puissant qu'il hésite à le crever par ses cris. Il redoute un écho inattendu et inexplicable. L'attelage avance entre deux murailles blêmes qui s'écartent docilement.

Alors, Moarc'h éprouve le besoin de se dire qu'une légende n'est, après tout, qu'une légende; de même, qu'une sornette n'est qu'une sornette et rien de plus, rien... Il ouvre la bouche pour forcer le rire. Il ne réussit qu'à retrouver le goût des brouillards. Malgré lui, il imagine la puissance de ce marais et de son eau paresseuse. Il imagine aussi les spectres de ses victimes, jadis de chair et d'os, happées par cette Malnoue si calme à voir comme ça. Avalées d'un seul coup, ni plus ni moins... avec un appétit d'enfer. Il cherche à apercevoir la bordure de hauts diagous, ces joncs décharnés qui le préservent de ce danger. Mais il ne distingue plus rien et, plus que jamais, il sent l'angoisse pénétrer en lui comme pénètre ce brouillard impalpable que les vêtements ne peuvent retenir. Il va se décider à interrompre le labour, il en a assez fait, lorsque, soudain, la charrue entre profondément dans le sol.

On dirait qu'une main puissante vient de saisir le soc. Le Breton lâche les mancherons et fait un saut sur le côté; son instinct le pousse à l'opposé du marais. « Oh! là... » hurle-t-il, sous le coup d'une peur soudaine. Et il reste tendu, les muscles tremblants. Chaque pore de son corps a jeté sa goutte de sueur. Il se ressaisit et va à côté des bœufs. Il voit qu'ils ne sont pas enlisés, mais patiemment arrêtés. Le fermier a besoin d'un contact vivant. Il parle à haute voix, touche les croupes. Il se penche sur la charrue. Il la remue avec force. Les à-coups qu'il donne lui font ressentir une douleur qui s'est glissée dans ses jambes et ses bras. Il remue toujours, mais avec plus de rage. Bientôt l'action dissipe l'angoisse qui l'étouffait. Le soc est comme pris dans du ciment.

Enfin, à force de tirer, il perçoit un grincement et comprend que l'acier est coincé sous une pierre épaisse. Aussitôt le rire lui vient, bruyant et rageur. Il arrive en quintes et vrille les fumées. A l'aide de pesées, tantôt d'un côté, tantôt de l'autre, il essaie de dégager l'outil. Mais la lame est si mal placée qu'il y met de l'impatience, si bien qu'oubliant toute précaution, jurant, maudissant ce contretemps, il frappe brutalement l'attelage. Surpris, les bœufs partent d'un coup sec. Le soc racle d'abord, puis fend ce qui le retenait prisonnier. Moarc'h fait levier de toutes ses forces. La charrue bondit hors de terre et quitte le trou où elle était prise. Elle se renverse, toujours tirée par les bêtes affolées qui continuent leur course brutale. Le marais est là.

A présent se voient les diagous qui tachent le fond du brouillard. L'attelage y va droit. Déjà il s'enfonce dans le sol visqueux. Malgré lui, le Breton fait un signe de croix. Mais la course est soudainement ralentie, retenue par cette terre pourrie qui gargouille comme une éponge pressée. Les bœufs s'arrêtent net et cherchent à se défaire de ce sol qui monte autour de leurs pattes. En quelques gestes rapides, désespérés, Moarc'h détache la charrue. Avec peine, il force les bêtes à lutter. Déjà elles s'abandonnent à leur sort. Il s'approche plus près d'elles. Il sent la terre s'ouvrir et lui mordre les chevilles. Il frappe avec tant de rage qu'il parvient à leur faire dégager les pattes de devant. Profitant de l'effort, il réussit à les diriger vers un endroit durci par les herbes. Alors, sans cesser de jurer, il se détend et respire longuement. D'une main qu'il s'efforce de rendre douce, il caresse l'échine grasse de ses bêtes frémissantes. Ses gestes restent marqués de mouvements brusques. Le crépuscule pèse sur le pelage blanc des bœufs. Le Breton retourne à sa charrue et la tire tant bien que mal jusqu'au sillon à moitié ouvert.

C'est alors qu'il aperçoit une grosse motte de terre, bien ronde, posée sur le bord du trou fait par le soc en se libérant. Il s'approche et sent revenir sa colère. Il donne un coup de talon pour écraser cette boule qui semble le narguer. Sa grosse et lourde chaussure, ressemelée de boue, en tire un bruit dur. « Sacrée pierre de malheur », jure-t-il. Il se baisse et la prend dans ses mains pour la sortir du labour. Elle est si pesante qu'il est obligé de la retourner pour mieux la caler contre son ventre. Le dessous montre la partie blanchâtre tranchée net par l'acier. C'est lourd. Il a l'impression de porter une gueuse de métal qu'attirerait un puissant aimant caché dans le sol. Enfin, arrivé en bordure du chemin, il la jette à terre avec toute la force de son dépit. Il lui en veut d'être la cause de sa peur. En tombant, la pierre se dégage par endroits de son enveloppe d'argile et de sable. Alors apparaît la forme d'un visage usé par le temps.

~

Le repas du soir commence par l'habituel silence qui aide les muscles à se détendre. Les deux lampes à pétrole sont posées chacune à un bout de l'épaisse table de chêne qui, usée à la longue des années par le frottement des coudes et des mains, ainsi que par les glissades des culs d'assiettes, semble recouverte de cire. En la touchant, on sent entrer dans la peau la douceur du temps écoulé. De la cheminée partent des bouffées de chaleur qui déplacent l'odeur suave et tenace du lait caillé. Moarc'h en reçoit les douces bourrades. Il se tient à un bout de la table, assis sur un tabouret. Henriette, la fermière, est à sa droite, à l'extrémité du long banc aux pattes courtaudes que les frottements d'étoffe et de cottes de velours ont poli et rendu aussi doux que le dessus de la table. A côté d'elle est Antoine, le premier domestique. Grand diable de vingt-cinq ans aux épaules larges comme celles d'un épouvantail. Un Berrichon à tignasse rousse, frisée, à la peau tachée et tendue sur un visage troué par des yeux parfois sournois, parfois finauds. Un gars hardi en gestes et en paroles, mais, malgré tout, un gars comme il en faut dans les fermes où le travail ne manque pas.

En face d'Henriette et d'Antoine est la place, presque toujours délaissée, de la Galiotte, la servante du défunt maître de la Noue. Bonne femme vieillie avant l'âge, desséchée comme on l'est dans son cercueil; semblable aussi à celles que l'on voit dans les bourgs, près des fontaines ou sur les pierres de seuil, coiffées d'une bonnette de dentelle empesée, vêtues d'une humble robe noire agrémentée d'une collerette blanche soigneusement passée au fer. Avec ça, des gestes rapides, jamais perdus, conscients de la juste mesure. De plus, elle a le goût de l'habitude et des traditions qu'elle place au même niveau que les usages de la religion. Elle fait partie de la ferme et on la garde comme on garde un meuble de famille démodé, mais indispensable. A l'autre bout de la table, seul, mal placé, près de la porte qui n'arrive pas à retenir l'haleine du dehors, se trouve Lucas, le petit vacher. Garnement paresseux, aussi docile devant le manger que mauvais avec le bétail. Un gars qu'il faut presque mener à la trique. Il va sur ses treize ans et le grand air l'a si bien pétri de santé qu'il en paraît seize.

Trottant de la table à la marmite qui fume sur l'âtre, la Galiotte remplit les assiettes l'une après l'autre. Henriette se lève et veut l'aider, mais comme chaque fois, par caprice d'habitude, la femme l'oblige à la laisser faire toute seule. Vive, adroite, elle verse à pleins bords et pose sur la table. Alors on sent que le lard a éclaté et pénétré jusqu'au cœur des choux et des navets. Et le nez avide se gave aussitôt de cette odeur molle et salée.

Moarc'h garde vivant le souvenir d'autrefois, alors que simple domestique il n'avait droit qu'à la place du bout, celle où en ce moment se trouve Lucas, brandissant sa cuillère d'étain comme pour une curée. En ce temps-là, le maître de la Noue c'était le père d'Henriette, le père Morin. Un bonhomme connu à dix lieues à la ronde comme le plus juste et le plus franc des fermiers des pentes de Sologne. Un homme jugeant toujours vrai, sans se tromper. De ceux sachant donner leur confiance à qui la méritait. Moarc'h avait tout fait pour rester au service d'un tel maître. A l'époque, le Breton fourchait, piochait, labourait la mesure de deux hommes. Avec ça, il n'allait à La Chapelle-d'Angillon, le bourg, que pour se faire enlever, une fois la semaine, le poil de plus en plus dur qui lui venait sur les joues. Ce n'était pas pour boire, ni pour voir les filles. Et, diable oui, le bourg en attirait, et de belles, chaque dimanche dans cette salle de café au plafond enguirlandé de papiers fanés.

Lorsque Moarc'h arriva à la Noue, il avait vingt-six ans. Depuis longtemps, il avait quitté sa lande de Bretagne, trop pauvre pour le nourrir, lui, le dernier de dix enfants. Sa solide carrure, épaisse et ronde, à laquelle sa tête était soudée par un large cou, fut pour Morin la plus sûre des garanties. Henriette était alors une enfant de onze ans que l'on occupait à de menus mais utiles travaux. Puis, les années courant aussi sûr que le travail de la terre vous tue à vue d'œil, la gamine devint peu à peu fille et diablement femme. Sa poitrine, ses hanches se mirent à sortir de son corps d'enfant, prenant forme comme un sac de grain qu'on remplit lentement. A partir de ce moment-là, Moarc'h sut garder pour lui seul, sans rien avouer, ni montrer, les envies nouvelles que ce corps mettait dans ses sens. Sa force fut de ne rien laisser paraître de cet intérêt qu'il portait un peu plus chaque jour à Henriette. Comme il était plus vigoureux, moins entreprenant et surtout moins maniéré que tous les autres qui travaillaient à la Noue, la fille se mit à le regarder autrement et à tourner autour de lui. Elle voulait parfaire le plaisir qu'elle ressentait à se vouloir désirée. En cherchant à l'attirer, elle ne fit que se prendre à son propre piège.

Cette force que le Breton montrait en se trouvant près d'Henriette cent fois par jour sans que quiconque puisse s'apercevoir que ce corps de fille le rendait malade de désir, impressionna à la longue le père Morin. Le fermier passait son temps à mettre à la porte garçon de ferme sur garçon de ferme. Ce n'était pas la peine de demander loin pour en trouver d'autres. Il s'en présentait la demi-douzaine du même coup. En répondant aux questions du maître, ils furetaient déjà avec les yeux par-dessus son épaule, cherchant à apercevoir cette fille qui était l'unique raison de leur empressement. Alors, un beau jour, après avoir réfléchi, le bonhomme s'aperçut qu'il s'était fait à une idée : si Henriette, qui était pour les uns tout à la fois un appât et un empêchement de travailler, devenait pour Moarc'h une raison de s'appliquer, de servir les intérêts de la Noue, il n'y avait pas à hésiter, le Breton pouvait à la fois rendre sa fille heureuse et prendre en main ce bien qui avait besoin d'une tête nouvelle et d'une poigne solide.

Sans trop montrer sa joie, Moarc'h laissa entendre qu'il serait aussi bon mari que bon gendre. Quant à l'avis d'Henriette, il ne compta guère. L'habitude paysanne étant qu'un père mettait sa fille dans les bras de celui qu'il jugeait à son goût : beau ou laid, jeune ou vieux, c'était tant mieux si celle-ci trouvait le mari à sa convenance.

Grâce à Dieu, sur le moment, Henriette alla à son plaisir. Le regret ne la prit seulement que l'année suivante. Seul le Breton n'en fut pas étonné. Il avait toujours pensé que, tôt ou tard, les choses se passeraient de la sorte. Deux ans après, le beau-père fut emporté par une mauvaise fièvre qui s'était glissée dans sa gorge, laissant Moarc'h maître des destinées de la Noue.

Et après huit ans de mariage, Henriette est toujours là sur ce banc. Elle est toujours aussi jeune. Enviable comme jamais, quasi vierge. Elle est toujours à côté de ce Breton maussade qui enfonce sa cuillère dans la soupe fumante. Il a tout fait et fera tout pour maintenir la vie dans les terres de la Noue. Et ce sera toujours au détriment de sa femme. Il n'a pas su tirer la sève de ce corps, autrefois prêt à se tordre de plaisir, à présent lassé de vaines attentes. Antoine connaît la peine d'Henriette. Par moments, il a pour elle des regards qui la gênent, qui la forcent à courir s'occuper ailleurs, loin de lui. Mais elle sent qu'une volonté la pénètre, l'aidant à dominer la vie et le temps. Son cœur bat plus vite, elle éprouve le besoin de revenir près du gars comme autrefois, lorsqu'elle cherchait Moarc'h. Elle se laisse aller à cette faiblesse sans se rendre compte qu'ainsi elle attise l'amour qu'il a pour elle et le fait souffrir. Elle ne manque pas une occasion de l'appeler pour qu'il l'aide soit à soulever un sac dans un endroit où ils sont à l'étroit, soit pour déplacer des bûches dans la remise faiblement éclairée. Il n'a jamais eu un geste vers elle, mais il est prêt à faire le pire pour qu'elle y consente. Bien que Moarc'h ne semble s'apercevoir de rien et les laisse tous deux tranquilles, Antoine voue au maître une haine qui s'enfle chaque jour. A force de tourner toutes ses rancunes dans sa tête, il en est venu à penser qu'il a des droits sur la fermière et que l'un d'eux est de trop à la Noue. Il sait qu'Henriette sera retenue par une fidélité sans mesure tant que ce Breton restera là comme un entêté. D'une façon ou d'une autre, il est résolu à agir et tous les moyens lui seront bons.

Lorsque Moarc'h a bien essuyé le fond de son assiette avec de la mie, il empoigne la cruche de cidre et, d'un geste large, remplit son verre. Il boit raide, puis croisant les bras haut sur la poitrine, il toise son monde.

– Oui, dit-il, en hochant la tête comme pour se complimenter d'avance, oui... vous ne savez pas, vous autres, que ce tantôt, j'ai fait du bon travail... Un travail qu'aucun avant moi n'a osé risquer...

– Ah, fait la Galiotte qui va déplacer la marmite d'eau bouillante, aux pattes plantées dans la braise.

– Attendez donc un instant, dit-il à la bonne femme aussitôt attentive.

Puis, continuant pour tous :

– Oui, j'ai pris au moins vingt sillons sur le marais de la Malnoue... Qu'est-ce que vous dites de ça ?...

– Oh là ! s'exclame la Galiotte, qui montre son étonnement en venant s'asseoir sur le banc. ... Et tout ce qu'on raconte ne t'a pas retenu ?... Et la terre qui risquait de s'entrouvrir, de vous engloutir, toi et les bêtes...

– Dame, ça pèse un attelage, dit alors Antoine sans cacher sa surprise.

– Tu as donc repris sur tout le bord du marais ? demande encore Henriette qui veut se faire une juste image de cette conquête.

Seul, le vacher ne semble pas s'intéresser à la nouvelle. La tête penchée dans un demi-sommeil, il s'assoupit.

– Je me suis arrêté au bon moment, continue Moarc'h qui, à ce souvenir, sent une légère sueur se déposer sur son dos, et ce que j'ai pris, je l'ai bel et bien pris... et toutes ces histoires de vieux, c'est des racontars... Allez donc croire maintenant que le malheur se colle à celui qui ne veut pas laisser ce coin tranquille. Regardez-moi donc...

Il fait le geste qu'il est bien vivant, mais il ne juge pas utile de dire les craintes qui l'ont tenu pendant ce travail. Se tournant vers Antoine, il ajoute :

– Demain, nous deux, et le gars, on passera la herse et on y mettra le grain.

A contretemps, la Galiotte se sent prise à partie. Elle dit alors, avec hargne :

– Tu as tort de ne pas nous croire, les autres et moi on le tient de nos anciens qui eux-mêmes le tenaient de leurs devanciers... Il y a toujours un jeune qui se fait prendre par la Malnoue et ça parce qu'il ne veut pas croire, tout comme toi, qu'elle est mauvaise... Tiens, t'as peut-être entendu parler du Justin, le jeune frère du grand-père d'Henriette... Lui, il a voulu poser des pièges au milieu des diagous, c'était rien que pour s'amuser : on ne l'a jamais revu... Et ce Louis qui était un de la famille d'avant? Il avait fait partout les guerres en Europe... Dans je ne sais plus quel pays, il avait vu qu'on asséchait les marais en ouvrant des saignées dans la vase... De retour ici, il a voulu en faire autant... Il a creusé une forte rigole dans le contrebas, ça n'a réussi qu'à vider l'eau de surface mais, en rien de temps, la vase a tout rebouché. Il avait cru agir au mieux, ce Louis; il croyait être quitte avec ses terres mais il ne l'était pas avec la Malnoue qui lui avait donné une mauvaise fièvre... Un mois après, il mourait... Je me souviens même qu'on racontait qu'il avait tant maigri en nourrissant son mal qu'un gosse aurait pu pousser son cercueil sur une brouette, alors que de son vivant c'était un fort gaillard pesant de muscles et de chair, tout comme toi...

Moarc'h commence un geste de défense. Il a écouté, oppressé par une légère angoisse. Son acte lui apparaît un peu plus sérieux qu'il ne l'a tout d'abord cru. Les autres le regardent silencieux et inquiets. Antoine plisse ses paupières, attentif. Il lit le contrecoup de la peur du Breton et, dans sa tête, l'idée du mal se remue. Mais l'appât du gain reprend le fermier et endort aussitôt ses craintes. Il frappe la table à coups de poing et répète, tel un entêté.

– Allez le croire, maintenant... Allez le croire... je suis là et bien vivant... Tout ça, c'est des racontars qu'on ne devrait même pas écouter...

Antoine dit, insidieux :

– Elle a raison, la Galiotte. C'était non seulement un coup à laisser la charrue dans cette terre molle, mais aussi une façon comme une autre de ramener le malheur avec vous...

– T'en fais donc pas, réplique Moarc'h nerveux, contente-toi d'écouter et laisse-moi tranquille...

A ce moment, il se souvient de sa découverte. S'adressant à la Galiotte, il prend d'abord un ton enjoué puis, peu à peu, cupide.

– Vous vous souvenez, la mère, ce que disait le père d'Henriette quand il parlait du marais... Il ne disait pas seulement que le malheur s'y trouvait mais qu'il y avait aussi des richesses...

– Pour sûr, l'interrompt la servante en prenant le même ton, comme pour se défendre de croire à tout ce qu'elle vient de dire... Pour sûr, il disait qu'il y avait une caisse d'or fin... un trésor englouti avec le brigand qui l'avait pris dans un château de Sologne... L'homme s'était égaré dans la nuit et la vase l'avait gobé comme on gobe un œuf, ni plus ni moins...

Puis, après un silence :

– ... Tiens!... un autre que le malheur n'a pas laissé passer...

» ... Ah ça! s'exclame-t-elle soudain devant l'air entendu qui se lit sur le visage du fermier. ... Ah ça! des fois, tu ne l'aurais pas retrouvé ce trésor?...

Le silence qui suit est déchiré par le rire du vacher, aigre et fluet comme le son tiré d'un sifflet de sureau.

Le Breton lâche sa grosse voix :

– Tais-toi donc, garnement, et fais ce que je vais te commander... Va jusqu'à l'étable, regarde dans le coin de droite. Contre les seaux, tu trouveras le sac qui me sert à mettre les outils pour réparer la charrue. Tu le rapporteras avec ce qu'il y a dedans... Fais vite, il faut qu'on voie ce que j'ai trouvé là-bas...

Comme il reste immobile, Moarc'h dit encore :

– T'as pas entendu? T'es prêt à rire mais pas à obéir... Prends la lampe et fais vite, surtout ne passe pas trop près de la niche, tu pourrais y laisser le fond de ton pantalon, Patiaud en a envie depuis longtemps, et tu sais comment il mord...

Le gamin le sait. Il se lève et frotte son mollet. La douleur que le chien hargneux a mise là, le mois passé, y revient soudain. Il sort. Aussitôt qu'il est dehors, la cour s'anime des hurlements de Patiaud. Puis le chien se calme et on n'entend plus qu'un grognement, étouffé par la niche.

– Qu'est-ce que tu as donc trouvé? questionne Henriette, impatiente.

Moarc'h voit que la même question se promène sur la langue des deux autres. Il ne répond pas et demande seulement à la Galiotte d'aller chercher une forte brosse et un seau d'eau. Cela ne fait qu'affermir leur curiosité. Antoine se lève et s'approche de la porte.

– Je vais donner un coup de main à Lucas, dit-il.

– Reste là, dit le fermier, il n'a pas besoin de toi, ça lui fait du bien de sortir dans la nuit et aussi de passer près de ce chien qu'il a si souvent malmené... Il aura peut-être du remords de l'avoir rendu si méchant...

Avec un regret visible, le domestique se rassoit. La Galiotte a déjà trouvé la brosse qui sert à décrasser la barrique où, une fois l'an, fermentent les pommes à cidre. Elle a entendu parler du chien et, à ce sujet, elle a toujours son mot à dire.

– Il faudrait se défaire de Patiaud, il devient de plus en plus mauvais... Jusqu'à ces temps derniers, on a encore pu l'utiliser à la garde des vaches, bien qu'il en ait blessé quelques-unes... Mais maintenant, on ne peut plus l'approcher... Du reste, il me regarde d'une autre façon, moi à qui il obéissait toujours... On dirait qu'il ne me reconnaît plus.

– Allez comprendre les bêtes, dit Moarc'h, voilà un chien qui menace comme s'il ne se plaisait pas ici et dès qu'on veut l'abandonner à l'autre bout du pays, comme je l'ai déjà fait dix fois, il revient au plus vite... On dirait qu'il est heureux de retrouve sa chaîne et de la porter.

– On devrait en trouver un autre, dit Henriette, il faut penser au troupeau.

A ce moment, le vacher pousse la porte d'un coup de genou. Il entre précipitamment, suivi par une bouffée d'aboiements. Moarc'h se lève et prend le sac. Lucas, haletant d'avoir fourni un violent effort, repose la lampe sur la table.

– Bon sang, jure le fermier, tu l'as traîné par terre, regarde donc, il est presque crevé par en dessous...

– Je n'avais qu'une main, répond le gars en hachant ses mots... et il est lourd votre sac... je peux à peine le lever... Ça pèse bien vingt livres... En tout cas, c'est pas un vrai trésor...

– Qu'est-ce que t'en sais ? dit le Breton, mi-sérieux, mi-amusé.

– J'en sais qu'il n'y a pas de bruit de pièces d'or... C'est seulement une grosse pierre.

– Ah, font les autres, visiblement déçus.

– Une pierre !... dit Antoine, plus dépité que tous.

– Attendez un peu, dit Moarc'h en plongeant ses deux mains dans le sac.

~

A présent, ils sont autour de lui et ont les yeux tirés par ce sac au contenu mystérieux. Ils suivent les mouvements invisibles des mains perdues dans la grosse toile usée et rapiécée. Enfin, le fermier sort sa trouvaille. Il la montre avec un sourire de victoire. La gangue d'argile n'est pas complètement enlevée. Elle colle encore dans les creux. De chaque côté, les oreilles mettent un relief. Celle de droite a une pointe qui la déforme. On dirait une griffe. Le menton est arrondi par l'usure qui a posé là sa lèpre. Dessous commence le cou, étonnamment mince, qui donne une impression de vigueur. Enfin, il y a cette cassure plus blanche. C'est là que le soc a frappé, a mutilé la statue. Sur les yeux et la bouche, l'argile a mis le sommeil et le silence. De même que sur les oreilles, sur la chevelure de pierre, elle a placé son voile épais. Les exclamations sautent de la bouche de chacun. Malgré tout perce une légère déception.

– C'est une tête de saint...

– Ou de Vierge...

– C'est bien vieux... mais toutes les pierres ne sont-elles pas vieilles?

Moarc'h les laisse parler. Lorsqu'ils ont fini, il dit sentencieusement, comme si le fait de l'avoir découverte lui donnait la possibilité d'en connaître plus que les autres :

– ... Eh bien, moi, je vous dis que c'est plus vieux que ça... C'est un antique qui a peut-être l'âge du monde...

– A quoi donc tu vois ça? lui demande Henriette.

– A quoi je le vois? répondit-il avec sérieux, eh bien, je le devine...

Il porte la pierre dans le coin d'évier et la pose sur le carrelage.

– Approchez la lampe, ordonne-t-il, Galiotte,

apporte l'eau et la brosse... Puisqu'on dit que ceux qui n'ont pas de langue parlent par les yeux, on va voir si c'est vrai...

Et il rit. Les autres en font autant comme on fait contre mauvaise fortune bon cœur. Ils ressentent le besoin de se détendre aux dépens de cette tête de pierre, docile aux pieds du maître. C'est si peu habituel de faire des trouvailles comme celle-là qu'il faut bien en profiter quand l'occasion s'en présente. Éclairé par la lampe tenue ferme par Antoine, Moarc'h frotte à bons coups pendant que la Galiotte verse l'eau sur le visage de pierre. Il passe d'abord la brosse sur la bouche. L'argile est déjà molle. L'eau et le crin la chassent. Alors apparaissent les lèvres. Elles sont minces, longues. Elles font une large bouche, hypocrite. La brosse s'attaque au nez. Il sort tout de suite de sa gangue. Comme le menton, le bout a été usé par les siècles. Maintenant, le Breton va la désaveugler. L'argile bouche les yeux invisibles. L'eau que vide la servante coule sur le carrelage et se répand, colorée de brun, d'ocre, de filaments pourpres.

– On dirait qu'elle saigne, dit Antoine goguenard, en changeant la lampe de main.

Personne ne répond à sa plaisanterie. Un poids s'est mis dans la poitrine de chacun. Antoine ne dit plus rien. Et les yeux de pierre se montrent aussi nets que les yeux de ceux qui les regardent. Ils sont larges et grands ouverts. Les trous des pupilles sont creusés profonds. C'est de là que part cette vie qui anime soudain tout le reste du visage.

C'est là que se retrouvent la force des mâchoires, la douceur des joues et du front, l'entêtement et l'hypocrisie de la bouche... Tout semble tenir là où il n'y a rien.

– Elle a l'air méchant, dit Henriette avec sérieux. Regardez, on croirait qu'elle va nous insulter... et malgré ça, elle est belle...

Elle s'agenouille pour la toucher. Elle passe sa main sur tout le visage. C'est humide mais c'est doux et froid comme du marbre. Elle dit à Moarc'h :

– Touche comme ça fait du bien...

Le Breton ne l'écoutant pas, elle se tourne vers Antoine et lui prend la main.

– Touche donc, insiste-t-elle.

Le domestique sent les mains d'Henriette brûler les siennes comme si la femme était prise d'une fièvre, mais il ne touche pas la tête. La fermière se relève. La Galiotte ne bouge pas. Le regard de la pierre semble la gêner. Antoine n'a plus envie de dire les sornettes qui lui démangent la langue. Inquiet, Lucas regarde les uns et les autres. Il se rapproche d'Antoine. A genoux, Moarc'h ne peut se défendre d'une idée obsédante. Il lui semble lire une réprobation dans les yeux figés sur toutes ces expressions qui vont de la douceur à la colère. Il pense qu'il a peut-être eu tort de ramener cette tête à la ferme où elle n'a rien à faire. Enfin, il se redresse lentement. Ses jointures craquent.

– Henriette, dit-il, faudra que tu dises dimanche au curé...

Puis, se ravisant :

– ... Non, tu ne lui diras rien, des fois qu'il voudrait la mettre dans l'église ou la garder pour lui...

Et s'adressant à la Galiotte :

– ... Vous voyez bien que j'ai trouvé une espèce de trésor. Quand j'irai à Aubigny mener le chargement, je la montrerai au marchand d'antiques. Il m'en donnera quelques louis. Ça doit pas être tous les jours qu'on apporte de si belles trouvailles, aussi vivantes tout en étant de la pierre.

– Bien calculé, petit, dit-elle après un soupir, je t'avoue que je ne voyais pas ce que t'allais faire de cette tête-là et, à dire vrai, j'avais un peu crainte de la rencontrer d'un bout à l'autre de l'année devant mes pieds. Pour ma part, je trouve qu'elle n'a pas l'allure honnête, alors plus tôt tu t'en débarrasseras, plus tôt je serai tranquille...

– Elle a raison, coupe Antoine, mais vous devriez tout de même fêter ça, ajoute-t-il en regardant les verres vides posés sur la table.

– Pour sûr, dit le Breton, Henriette, amène la blanche...

La fermière va chercher la bouteille dans le bas de la boîte d'horloge dont les flancs de bois sont parcourus par les frémissements que lui donne le balancier de cuivre. Et soudain il lui semble qu'elle vient de prendre en elle les frissons d'horloge. Une moiteur part de ses tempes, court sur son cou, sa poitrine et ses hanches pour s'effacer sur ses cuisses. Depuis longtemps, elle n'a ressenti un tel plaisir.

Moarc'h a rendu la brosse à la Galiotte. Ensuite il a porté la tête près du feu. Il l'a posée droite, à même son cou tranché, contre la dalle du foyer. Maintenant, assis sur son tabouret infirme, il lui tourne le dos. Antoine s'est attablé. Henriette verse une rasade d'alcool aux deux hommes.

– Buvez donc, dit-elle.

Sa voix est changée. Elle sonne gaiement et fait tressaillir l'oreille. Ses lèvres sont ouvertes sur ses dents joliment alignées, blanches et aiguës. Elle se penche entre Moarc'h et Antoine. Son corsage s'est fait plus ample. Surpris, le Breton la regarde en plissant le front, mais tout de suite, il est pris par une autre pensée. Antoine est troublé par l'odeur nouvelle de la fermière. Enfin, il rit par à-coups nerveux. Les deux hommes lèvent leur verre et boivent le feu de la prune. La Galiotte a fini par retirer la marmite d'eau qui souffrait sur la braise. Aidée par Henriette, elle enlève les assiettes. Dans le coin d'évier, l'eau grasse de la vaisselle chasse l'eau colorée d'argile fondue. Buvant à petites lippées, Moarc'h parle à Antoine des travaux à entreprendre. Lucas semble endormi au coin de la table. Par moments, il entrouvre ses paupières paresseuses. Il attend qu'Antoine aille se coucher. Il n'ira pas sans lui, même si l'autre reste là toute la nuit.

Soudain, il se dresse et remue malencontreusement la table. Les verres presque vides chancellent. Moarc'h prend une colère.

– Garnement, tu n'en feras jamais d'autre... Tiens, va aider la Galiotte... porte donc les restes à Patiaud...

Mais, en voyant le visage bouleversé de Lucas qui pâlit au point de laisser croire qu'une main invisible lui saigne le cou par-derrière, il n'en dit pas plus. Chacun voit que, malgré ses efforts, le gars n'arrive pas à faire sa voix. Il reste immobile et ses yeux grands ouverts se fixent sans ciller sur un point au-delà du fermier.

Enfin, le Breton l'oblige à parler.

– Oh, là... qu'est-ce que t'as donc?... Dis?

Le gamin ne répond pas tout de suite. Il paraît pris d'un mal subit et incompréhensible. Cependant, il réussit à tirer quelques mots de sa gorge contractée.

– ... La pierre... elle... La tête... elle...

Il ne peut dire autre chose. Ses jambes fléchissent. Il se laisse retomber sur le banc.

– La pierre... la tête quoi? demande Moarc'h en se retournant brusquement vers la cheminée.

– ... Elle a bougé... réussit-il à prononcer.

Le Breton s'accote à table. Une pâleur subite fait ressortir les rides de son visage. Tous se déplacent pour regarder la tête. Alors il leur semble que, d'elle-même, elle s'est éloignée de l'âtre. Ses yeux se creusent et fixent droit la table. Ils sont pleins de haine et menacent. Ses lèvres tressaillent. La vie anime la tête de femme tirée de la pierre et fait palpiter ses joues comme un cœur. Tous croient qu'elle va parler tant la scène est étrange. Une angoisse les étreint. Enfin, du foyer, part une flamme plus longue qui la recouvre d'une ombre. Aussitôt s'efface la colère de pierre.

Voyant cela et comprenant la méprise du vacher, le Breton sent fuir la peur qui déjà commençait à l'empoigner. Il est le premier à rire. Les autres font de même. Le gars aussi revient à la réalité. De bonnes couleurs se refont sur ses joues. Moarc'h s'approche de l'âtre, saisit la tête et sort la mettre dehors, contre le mur de la salle, du côté de la niche. Le chien lâche ses hurlements. Le fermier s'attarde à laisser la fraîcheur lui fouetter le visage. En rentrant, il voit que les femmes sont encore pâles. Elles cherchent à se réconforter en mettant de l'ordre dans la vaisselle. Lucas se tient lourdement accoudé à la table. Il lui reste un rien de frayeur. Le Breton a un haussement d'épaules. Antoine lui tend un verre de blanche. Un vague sourire erre sur ses lèvres.

– Tenez, patron, dit-il, goguenard, buvez ça pour vous remettre, on dirait que vous êtes tout remué...

– Dis donc pas de bêtises...

Moarc'h prend le verre que le domestique a poussé devant lui. Il le vide d'un trait. L'alcool met bientôt un pétillement dans ses yeux. Il s'approche d'Henriette. D'un bras, il enserre sa taille. La femme marque son étonnement en ayant tour à tour un regard surpris vers la Galiotte et Antoine. Le bras de son homme, dur et maladroit, remonte vers ses épaules rondes et douces. Le geste est lourd, le Breton se penche.

– Pas vrai, lui dit-il à l'oreille, pas vrai que t'as envie qu'on soit vite seuls ce soir...

~

Cette nuit-là, la Galiotte a du mal à prendre le sommeil. Elle entend trop ce bruit de chaîne. Ce bruit que le chien tire après lui comme d'autres bêtes tirent le bruit des roues qui geignent. La femme a pourtant bien ce bruit dans l'oreille. Elle l'a toujours porté aussi légèrement qu'elle porte les autres rumeurs de la ferme. Et si elle est inquiète, c'est que depuis un moment, il est tout autre. Il est seul à trouer l'oreille. Aucun grognement ne l'accompagne et c'est ça qui fait mal à entendre. Pour que Patiaud se taise tout en s'agitant de plus en plus, il doit se passer quelque chose d'anormal. Il est rusé ce vieux chien. Et c'est parce qu'il l'est que la Galiotte redoute la présence d'un rôdeur. Mais elle cherche à calmer son inquiétude en se disant que l'âge la rend peureuse. Pour chasser les pensées qui alourdissent sa tête, elle se lève et va au carré de la fenêtre donnant sur la cour. Elle pousse lentement le volet de bois peint en vert. La ferrure grince. Le chien est attaché juste au-dessous. Elle craint d'être entendue. Patiaud tire sur sa chaîne comme un enragé mais n'aboie pas. Il souffle bruyamment et, par moments, gémit comme jamais la servante ne l'a entendu faire.

Elle se penche et distingue, contre le mur, la tache claire que fait la trouvaille de Moarc'h. Elle a un frisson de crainte. Pourtant, la curiosité la pousse à rester. Mais sa vue est trop faible pour réussir à écarter les voiles de la nuit. Soudain, elle croit voir s'animer les contours de cette tache de pierre qui paraît maintenant rouler lentement le long du mur.

Pour un peu, elle crierait de surprise. La tête brille sous les coups de lune. Elle va et vient devant le chien. La bête se tient immobile, les pattes pliées, prête à bondir ou à fuir. La lune se reflète sur son pelage noir et le fait luire comme si elle y déversait de l'huile. C'est si irréel que la femme passe sa main sur son front. Voilà qu'à présent, elle rêve tout éveillée. Elle soupire, soudain lasse, et referme le volet. Elle va vite se glisser entre les draps restés tièdes. Elle tousse longtemps comme pour chasser le frais du dehors qui a réussi à se mettre dans sa gorge. Et Patiaud n'aboie pas. Seul s'entend son souffle rauque qui ressemble à un râle.

La Galiotte va s'endormir. Pourtant, sur le bord du sommeil, il faut qu'elle fasse encore une fois défiler dans sa tête chaque coin de la ferme. C'est plus fort qu'elle. Ce bien ne lui appartient pas mais elle a fini par le croire sien. Elle est arrivée juste pour ses quatorze ans. On l'a tout de suite mise basse-courière. Le maître d'alors la tenait en considération. A la mort de sa femme il lui a demandé de prendre soin de sa fille. Si elle avait voulu, elle aurait pu marier le maître et aujourd'hui être la belle-mère de ce Breton qui a mieux su réussir qu'elle. Peuh! tout ça n'est qu'une rapide pensée tout juste bonne à faire sourire... Ah! si ce maudit chien hargneux s'arrêtait de gémir aussi craintivement qu'il le fait depuis un moment...

Le sommeil veut-il d'elle ou non?... Bon, voilà qu'elle pense au grand lit tout haut de la chambre des maîtres... Henriette a sans doute eu, ce soir, à se défendre de Moarc'h. Pour une fois le Breton a paru aimant et elle l'approuve. Ah!... ces deux-là qui ne se comprennent pas après tant d'années de mariage... Tiens, ça lui fait soudain penser que les flancs de l'armoire de chêne sombre ont besoin d'un bon coup de laine. Il y a longtemps que le bois n'a pas eu son compte de caresses. Il le faut si l'on veut que reluise le meilleur de sa peau.

... Ça y est... son tour est venu de dormir.

Sa mesure de repos achevée, la Galiotte se réveille. Personne encore n'est levé. Personne ne se lèvera avant qu'elle ne se soit elle-même levée. Elle repousse le drap et la couette de satin rouge, descend de son lit, enfile par à-coups ses bas de laine noire, et s'habille sans regret. Le silence fige la cour. La femme pense à Patiaud. Elle pousse le volet qui claque sec contre le mur. Le petit jour est froid, sale. La servante s'attend à l'habituel hurlement du chien. Mais rien ne vient briser son attente. Surprise, elle se penche. Patiaud n'est plus là. La femme aperçoit, traînant à terre, sa longue chaîne. Le collier vide est pris sous la tête de pierre renversée. Il semble que le chien l'ait fait rouler et se soit battu avec elle. La Galiotte sort aussitôt. Elle s'approche de la statue. Elle voit qu'avec ses crocs Patiaud a balafré le cou. Du poil est resté collé aux lèvres de pierre.

~

Décembre a amené un petit froid humide qui s'attarde avant la venue du grand froid d'hiver. Il givre le sol mais n'entre pas profond. Le premier soleil l'efface comme on efface d'un revers de manche le fin de la farine retombée sur la table quand on pétrit la pâte. Il est matin. Sur la route blanchie descendant vers La Chapelle-d'Angillon, le cheval de la Noue peine à retenir la lourdeur de la charrette. Des sacs, par les trous desquels cherchent à fuir des pommes de terre, fainéantent contre les ridelles à claire-voie. Moarc'h marche sur le milieu de la route, à hauteur des roues. Son pas régulier claque sec. Il tient son menton ramené tout contre sa poitrine. Ses oreilles sont protégées par sa casquette largement tirée sur la nuque. Ses mains restent fermées au fond de ses poches de culotte. De temps à autre, pour réveiller ses pieds gourds, il frappe le sol de ses grosses chaussures cloutées. Il ne guide pas la bête qui, d'instinct, suit le chemin. Dans le fond du vallon, vers la Maladrerie – la Maladrie, comme on dit dans le pays – s'écoule une rivière de brouillard blême.

Moarc'h ne s'aperçoit pas tout de suite que le cheval s'est légèrement cabré, qu'il cherche à résister à une subite poussée de la charrette. Prises entre deux forces, les roues craquent. Le Breton tourne la tête et, dans un juron, lâche son étonnement. D'habitude à cet endroit, et avec le même chargement, la bête n'a pas à retenir comme elle le fait à présent. C'est bien la première fois que la chose se produit. Subitement les brancards se relèvent tels des bras dressés par l'affolement. Le cheval hennit et prend un court galop qui lui fait perdre sa défense. Mieux que ne l'aurait fait le mordant du fouet, la charrette le force à continuer. D'un saut, Moarc'h empoigne le frein et serre la manivelle. Les sabots de bois se pressent contre le fer des roues qui grince. L'élan paraît coupé. Mais, après s'être presque arrêtées, les roues se remettent à fuir à nouveau. D'abord lentement, puis de plus en plus vite. Le Breton essaye de serrer encore la manivelle, mais le frein est à bout de course. Stupéfait, il laisse un instant échapper son esprit de décision. Enfin, il court empoigner la bête par le mors et l'aide à résister. Il la repousse brutalement. Rien n'y fait, ni les coups ni les cris. Pour ne pas être meurtri ou même écrasé, il s'écarte de l'animal déjà irrésistiblement emporté. Il n'y a qu'un moyen pour éviter le pire. Une cordée de bois est dressée sur le bord de la route. Il a juste le temps de saisir un rondin et de le jeter sous une des roues. L'arrêt est brutal. Le cheval glisse sur ses fers et manque de tomber. Dans le même moment, l'autre roue, restée libre, dirige la charrette vers le fossé, où elle s'immobilise sur le bord. Pour un peu elle y versait. Une fois passé son émotion, Moarc'h enlève sa casquette et, d'un revers de main, essuie la sueur venue sur son front.

– Au diable ce frein, maudit-il, et cette satanée roue qui ne se redressera jamais...

Il pense alors qu'Antoine et Lucas ont trop chargé. Ces deux-là n'ont donc pas la mesure dans l'œil? Une colère le prend. Pour une fois qu'il n'a pas surveillé le chargement, voilà que le travail a été mal fait. Enfin, il n'y a pas à hésiter, il faut retourner à la Noue décharger les sacs mis en trop. Sans cela, il y aura à nouveau du risque. Après avoir manœuvré avec difficulté, il reprend le chemin à l'envers, sans tenir compte de l'essoufflement du cheval dont les flancs remuent encore, secoués par l'effort et la crainte.

Dès qu'il arrive dans la cour de la ferme, il appelle Antoine. Le domestique fait du bois avec Lucas, sous l'auvent du bûcher. Il pose sa serpe et regarde la charrette qui s'arrête près de l'abreuvoir.

– Pourquoi tu as tant chargé? lui crie le Breton en gesticulant, ma parole, c'était un coup à faire perdre tout le chargement... sans compter que le cheval pouvait se briser les pattes...

Antoine s'approche et répond, sur un ton de franche surprise.

– Où avez-vous vu qu'il y a trop?...

Moarc'h est pris d'impatience.

– Allez, dit-il, aide-moi...

Il grimpe sur la voiture et fait glisser le premier sac qui lui tombe sous la main. Le domestique vient le prendre sur l'épaule. C'est alors que le fermier voit Lucas, assis sur le billot.

– Paresseux, lui crie-t-il, je vais descendre te secouer... Viens nous aider...

Tout ce bruit tire la Galiotte de la salle où elle moule des fromages. Aussitôt qu'il l'aperçoit, Moarc'h a pour elle les mêmes ordres.

– Approchez, lui dit-il rudement, vous serez pas de trop pour nous donner un coup de main.

La femme fait celle qui n'a rien entendu. Il lui déplaît d'être commandée de la sorte, surtout par un qu'elle a connu simple domestique. A un geste de ses mains, la basse-cour se rassemble autour d'elle. D'un autre geste, et d'un gloussement, elle s'en défait. Seules restent les poules à la patience saccadée.

– Tu t'en reviens déjà? dit-elle, étonnée.

Le fermier se calme. Il lui dit, comme pour se justifier :

– Si seulement ces deux-là avaient pris soin de ne pas mettre tant de sacs dans la charrette, j'aurais pas risqué de verser tout à l'heure, et je serais pas là à perdre mon temps... C'est à croire qu'on l'a fait exprès...

La Galiotte s'approche à petits pas.

– Fais le compte, dit-elle avec bon sens.

– Pas la peine, place Antoine en clignant de l'œil vers Lucas, qui, à présent, les aide à regret, vous trouverez le même nombre de sacs que d'habitude... Et puis n'allez pas croire que notre Lucas aura voulu en monter un de plus...

– Il faut en enlever encore, ordonne Moarc'h, ça fait trop lourd pour les freins qui ne serrent plus assez...

Lorsque le fermier a étalé le poids de sacs restants, il s'apprête à repartir. A ce moment, Antoine aperçoit la tête de pierre. Elle est pressée sous un sac.

– Et votre statue!... s'écrie-t-il.

Puis, tour à tour sérieux et moqueur, il continue, en fixant le Breton dans les yeux.

– ... Vous ne la laissez pas ici?... C'est peut-être elle qui est trop lourde!...

Moarc'h ne pensait déjà plus à ce morceau de pierre et, pour le moment, c'est bien le moindre de ses soucis. Pourtant, il répond :

– Laisse-la où elle est... S'il y a un Bon Dieu, il fera que pour cette perte de temps on m'en donnera le double prix que j'en veux... Je l'aurai pas volé!

Un sourire lui froisse les joues. Mais, comme les autres le regardent, il prend un air soucieux. Il ne veut pas qu'on le voie s'accommoder aussi facilement d'un contretemps aussi fâcheux.

~

Lorsqu'il a déchargé ses sacs à Aubigny, Moarc'h se met en quête du magasin d'antiquités. Enfin, il aperçoit l'enseigne faite d'un morceau de tôle plate représentant un bonnet phrygien rouge sur lequel est peint en lettres blanches : *Billou, Meubles anciens et antiquités.*

Il arrête la charrette à l'écart de la boutique. Tout en descendant, il essaye déjà de mettre au bout de sa langue les mots qui devraient donner plus de valeur à sa trouvaille et, pour se défaire d'une gêne, il ressangle son cheval à plusieurs reprises. Enfin, après avoir hésité dix fois, il se décide à pousser la porte vitrée. Perdu dans le lointain, un tintement de clochette fait aussitôt écho. Le Breton referme la porte sans se rendre compte qu'elle anime le grelottement. Avant tout, il remarque que le jour n'arrive pas à dissiper le sombre du fond de la boutique. A dix mètres, c'est déjà l'obscurité. Une forte odeur de vieux bois, de moisi et de cire force le respect. D'un geste machinal, il se décoiffe comme il le fait les rares fois qu'il va à l'église et, pris d'une patience qui ne lui est pas habituelle, il attend la venue de l'antiquaire. Son regard furète partout. Il est d'abord attiré par de grands meubles poussiéreux aux ferrures roussies à coups de temps. Il y en a au moins une douzaine à la file et, encore, l'obscurité en cache d'autres. Ensuite, il remarque, posées tout contre les vitres de la devanture, des plaques de cheminées ornées de lys, pustulées par les chauds et les froids. Il pense qu'une seule d'entre elles ferait bien l'affaire de la Noue. Il revoit celle, accolée au fond de la cheminée de la ferme, vieille tôle montée, éclatée, semblable à un dessus de tarte trop cuite. Mais il se dit aussitôt qu'il n'est pas venu pour donner de l'argent, seulement pour en recevoir.

Après avoir rapidement porté ses yeux vers le plafond où pend un monde de lanternes démodées, il cherche un objet semblable à sa trouvaille. Ne découvrant aucune statue, ni morceau de pierre, il s'apprête à repartir lorsqu'une voix, forte et chantante, arrive du fond obscur.

– Je vous prie de m'excuser, dit-elle, veuillez patienter une minute...

Bien que le fermier soit seul, il fait un profond

oui de la tête. Il ne répond pas. Ses pensées sont revenues à ces plaques de fonte sur lesquelles on a pris soin de fondre également la date. L'une, de 1697, va avoir deux cents ans. Il siffle d'étonnement et de satisfaction. Voilà qui parle en faveur de sa pierre pour le moins aussi ancienne, sinon plus. Les plaques sont couvertes de reliefs, il y en a avec des amours, d'autres avec des couronnes ou des arabesques à n'en plus finir. Il hoche la tête; ça doit provenir de quelque château et ne repartira que pour un autre château. Celle-là doit au moins valoir trois louis. Si ça se trouve, le marchand l'a achetée dix francs et veut la revendre cent. Il se dit encore que, s'il se décidait à acheter la moins chère et la plus épaisse, il la poserait à l'envers, sans hésiter. Il n'a pas besoin de distraire son monde. Si sa pierre lui est payée cinq louis, comme il l'espère bien, il pourra aller jusqu'à vingt francs. Il s'approche et, la main hésitante, touche l'une des plaques. Tout de suite, l'épaisseur lui convient. Ça vaut bien vingt francs. Il n'en mettra pas un de plus. Pour approuver cette décision, il donne un léger coup de pied contre la plaque qui rend un bruit sourd.

Il n'a pas entendu arriver l'antiquaire. Lorsque ce dernier lui parle à même le dos, il a un sursaut qui le retourne d'un tout.

– Je crois que vous avez déjà choisi, dit le marchand. Et, voyant qu'il a affaire à un paysan, il se garde de toute politesse superflue.

– Si c'est celle-là que vous voulez, je vous la laisse pour cinquante francs...

En disant cela, lui aussi donne un coup de pied comme pour en tirer le bruit de la qualité. Le Breton fait à la fois un geste de défense et de désappointement.

– Je ne suis pas venu pour ça, dit-il, en reculant jusqu'à la porte.

L'antiquaire, qui est habitué à courir les campagnes et qui connaît son monde, a un sourire entendu où perce la malice.

– ... Bien sûr, je me rends compte que vous voulez en faire l'acquisition dans un but purement pratique et non pour la mettre dans une collection...

Là, il toussote, amusé par ses propres paroles.

– ... Dans ce cas, je vais descendre mon prix à... euh... mettons quarante francs...

Moarc'h comprend qu'il doit tout de suite dire le but de sa visite. Ce beau parleur est de taille à le mener par le bout du nez et à lui faire acheter cette plaque. Et, qui sait, un de ces lustres anciens, capables de vous tomber sur la tête et de vous tuer sur le coup. Ou, encore, une de ces armoires vastes à loger quatre fois plus de linge qu'il y en a à la Noue.

– Voilà, dit-il, j'ai trouvé une antiquité en retournant un champ et je suis venu pour vous la vendre... Ça vous intéresse?...

Et il tourne la tête vers la rue, en profitant pour voir si la charrette est toujours à la place où il l'a laissée. Ensuite, il dévisage l'homme avec une crainte soudaine, des fois qu'il le mette à la porte en lui disant que sa maison est pleine de ces vieilleries et que les anciennes pierres sculptées n'ont plus de valeur depuis qu'on en fait des neuves. Aussi, rapidement, trouve-t-il un prix moins élevé. Il ne peut pas repartir avec cette tête. Mais, au contraire, après avoir regardé Moarc'h avec étonnement, le marchand paraît pris d'une curiosité et d'une impatience qui semblent de bon augure. Tous deux sortent. Ils se dirigent vers la charrette. Là, le Breton tire à lui le sac dans lequel il a caché la pierre. Il l'ouvre et la montre. Aussitôt l'antiquaire hoche la tête en connaisseur.

– Portons-le chez moi, dit-il, nous serons plus tranquilles pour parler...

Le fermier empoigne la pierre et regagne la boutique.

– Attention... attention... répète sans cesse l'antiquaire en faisant des gestes inutiles pour l'aider.

Moarc'h la pose sur un coin de commode, bien éclairée par le jour de la vitrine. Sur le fond d'obscurité, la tête saillit, presque vivante. Il en ressent une fierté, un peu comme si c'était son œuvre propre.

– C'est du beau travail, malgré cet air méchant qu'elle a, dit-il, pour décider l'autre à parler.

Après avoir regardé de loin et de près, cligné de chaque œil, le marchand la soulève.

– Quelle œuvre étrange, dit-il, en se parlant à lui-même.

Avec peine, il réussit à la retourner. Remarquant alors la coupure fraîche, il n'essaye pas de dissimuler sa brusque contrariété.

– Oui... du beau travail... du beau travail, bien sûr... mais vous avez assassiné une œuvre antique de premier ordre... Regardez donc ce cou sectionné... Vous auriez dû prendre des précautions...

Et, tant cela lui paraît élémentaire, il marque sa réprobation à petites aspirées de salive. Puis il pose des questions les unes à la suite des autres. Il parle sur le ton d'un juge qui condamnerait un acte de vandalisme.

... Avait-on mis au jour le reste de cette statue ?... Elle avait certainement un corps ?... Cette cassure n'était pas une ébréchure ? Certes non... Il devait y avoir eu un autre morceau dessous... qu'il fallait déterrer... et ceci... et cela...

Inquiet, Moarc'h approuve d'un « ma foi » chaque phrase que débite l'autre. Enfin, il comprend qu'il faut réagir et ne pas se laisser mener comme un écolier.

– Je ne suis pas venu pour vous vendre autre chose que cette tête... Combien vous pouvez m'en donner ?

Mais l'antiquaire n'en finit plus. Il demande encore, insinuant et persuasif, afin de lui faire dire à toute force des détails qu'il désire savoir.

– ... Ne fait-on pas de pèlerinages à cet endroit-là ? Ne raconte-t-on pas des légendes qui peuvent aider à identifier la découverte ? Cela a de l'importance... et peut lui donner plus de valeur...

Il se ravise aussitôt et s'adoucit.

– ... Hum ! bien sûr, entendez par là plus de valeur archéologique, car en ce moment, c'est l'archéologue et non le marchand que vous avez devant vous.

De cela, le Breton s'en moque bien. Pourtant, il parle avec retenue du pouvoir maléfique qu'on prête aux eaux glauques et inutiles de la Malnoue. Ce qu'il dit donne à réfléchir à l'autre qui se penche encore plus sur la tête de pierre.

– Curieux, murmure-t-il... Malnoue se traduit par mauvaise fontaine... C'est certainement une fontaine divinisée par les Gaulois, puis par les Gallo-romains et christianisée par la suite... C'est peut-être là le portrait de cette vieille Mélusine qui hante les trous d'eau... Dans ce cas!...

Il lève un doigt qui se veut menaçant et lui vient un rire d'incrédule, railleur et acide, qui fait mal à Moarc'h.

– ... Dans ce cas, méfiez-vous... Il n'aurait pas fallu provoquer cette sorcière aquatique. De toute façon, cela m'étonnerait que ce fût elle, car on ne l'a personnifiée qu'assez tardivement, vous la verrez dans les fresques, les chapiteaux de certaines églises et sur... Bref, mais votre tête a une facture nettement archaïque et primitive... Ce qui est visible c'est que l'auteur de cette sculpture a voulu représenter une mauvaise déesse de sa religion... et il a parfaitement réussi à mettre la haine dans ses traits... Tenez, depuis un moment, je n'arrive pas à me défaire d'un certain malaise... Quant au poli du visage, je suis prêt à mettre ma main au feu qu'il est le résultat de pratiques qui ont certainement duré fort longtemps... On a dû la frotter... Dans quel but?...

Il se frappe soudain le front comme pour faire sortir ce qui lui revient en mémoire.

– Ah!... ça... s'exclame-t-il, j'ai déjà vu quelque chose de semblable. C'était dans la Nièvre où j'ai vécu tout jeune, mais je m'en souviens comme si c'était hier. Il y avait, près d'une source, une vieille statue de pierre. Les femmes stériles – celles qui ne peuvent avoir d'enfants, si vous aimez mieux – venaient de fort loin passer leurs mains sur son visage... Oui, c'est cela... elles allaient jusqu'à l'embrasser puis elles grattaient un peu de la pierre, près du ventre et mettaient les raclures dans un verre d'eau de la source, la buvant ensuite. Certaines poussaient la chose jusqu'à se tremper dans le bassin... Après ça, il paraît que l'on ne pouvait plus les arrêter de faire des jeunes...

Là, il éclate de rire.

– ... Votre statue doit avoir la même histoire, mais à une époque plus reculée. Si jamais votre femme a touché cette pierre, elle est capable de faire un gars de plus... à moins que vous n'en ayez déjà trop. Ainsi vous me serez redevable, si j'acquiers votre trouvaille, de vous avoir évité de justesse un malheur...

En disant cela, l'antiquaire ne se rend pas compte qu'il réveille le désespoir du Breton. Henriette n'a jamais pu avoir d'enfant. A croire qu'elle ou lui sont incapables d'en faire. Et voilà que cet autre en rit. Jugeant qu'il a assez attendu, il dit d'un ton décidé :

– Maintenant, il faut que vous me disiez ce que vous pouvez m'en donner parce que, moi, vous comprenez, j'ai encore quelques lieues à faire comme je vous l'ai dit tout à l'heure. Ma ferme est à côté de La Chapelle-d'Angillon et, arrivé là-bas, j'ai du travail qui m'attend... Allons, dites un prix, on verra bien si on peut s'entendre... Ça ne doit pas être si difficile...

– Voilà ce que je vous propose, répond le marchand redevenu sérieux, laissez-la-moi ici, je m'engage à la vendre au meilleur prix et je vous donnerai une part sur la vente.

Ce n'est pas ce que désire Moarc'h. Il le dit. L'antiquaire s'y attendait. Son silence ne dure qu'une seconde. Il propose trois louis. Aussitôt, le Breton a un mouvement d'humeur, va à la commode et, d'un geste décidé, reprend la pierre à pleins bras.

– Je la remporte, dit-il, en faisant quelques pas pour sortir.

– Attendez, dit l'autre, sur un ton conciliant.

– J'en veux cinq, dit Moarc'h avec fermeté.

– Soit, se moque l'antiquaire, mais sachez que personne ici ou ailleurs ne vous en donnera cette somme. Et, un conseil, ne la montrez pas trop, elle pourrait finir au musée départemental... Il y a des gens qui sont à l'affût des découvertes clandestines, ils auront vite fait de signaler votre trouvaille... L'État a droit à une part de sa valeur, la loi est formelle, ne l'oubliez pas... tandis qu'avec moi, vous n'avez rien à craindre...

Le fermier comprend où est son intérêt. Peut-être a-t-il trop demandé? Se rappelant qu'il vend seulement une pierre et non un cochon, il trouve une entente. Finalement, trois louis et cette plaque de cheminée, que l'autre lui offre en sus, font l'affaire. En le quittant, l'antiquaire lui demande, sur un ton de confidence, quel est son nom, celui de sa ferme et d'autres petits détails nécessaires, précise-t-il, pour authentifier la sculpture. Après avoir hésité, le Breton satisfait sa curiosité. Durant une partie de la route du retour ça lui tourne dans la tête puis il n'y pense plus, la lourde plaque de fonte armoriée qui tressaute avec un bruit sourd le pousse trop à imaginer la cheminée de la Noue remise à neuf par cette vieillerie. Par moments il touche la poche où sont les trois louis. Et, croyant en avoir fini une bonne fois pour toutes avec cette antiquité, il se sent heureux d'avoir si bien vendu ce qui, après tout, n'était qu'un vieux morceau de pierre inutile.

~

Cette saison, la neige arrive tard, ramassée dans d'énormes nuages qui, telles des couettes éventrées, vident leurs cendres blanches, faisant commencer janvier comme aurait dû commencer décembre. Elle se déroule en de longs voiles de dentelles à la trame invisible et, en deux jours, conquiert le pays. Puis, à son tour, le vent surgit avec sa grosse voix. Les nuages à neige se dissipent. Alors le profond du ciel, clair et bleu, rejoint cette couche blanche qui fait une peau neuve à la terre. Lorsque le vent s'est bien fatigué à la remuer, à la creuser, à l'entasser, il disparaît à son tour. C'est à ce moment que survient le grand froid, silencieux et sournois. Il se glisse dans la neige vivante, fatiguée d'avoir couru avec le vent. Il la caresse si bien qu'il finit par l'endormir et par la changer en glace. Mais son but est d'aller plus profond pour atteindre la terre blottie sous cette carapace. Il veut la mordre à pleines dents de glace, festoyer de sève et de grain. Malgré son acharnement, il ne fait que durcir la neige, prise à pierre. Cela apporte un apaisement à tout un chacun ayant des terres ensemencées. Plus que tout autre, Moarc'h ressent une forte joie. Il imagine le lent travail de croissance qui continue à se faire et se parfaire sous cette serre de neige couvante. Et son espoir va à ce champ neuf de la Malnoue où remue le grain jeté en novembre passé.

~

La matinée est limpide. Le soleil, clairet, picote. Moarc'h, aidé d'Antoine, a tiré la charrette dans la cour au milieu de la neige souillée de terre et de suie. Ils ont enlevé les roues l'une après l'autre pour mettre dans le moyeu une nouvelle provision de graisse. Si on ne le nourrit pas, le fer dévore le fer. Le plus faible s'use et maigrit. Alors les roues prennent cette mauvaise démarche qu'ont les gens infirmes qui vont bringuebalant de droite et de gauche, poursuivis par les moqueries des gosses. Dans la salle, sur le feu d'âtre, la flamme monte, avivée par le froid du dehors. Elle enveloppe l'épaisse plaque de fonte que le fermier a rapportée d'Aubigny. La Galiotte encapuchonnée revient de la porcherie où elle a vidé les grands seaux de mangeaille fade. Le sombre de la salle met un baume sur ses yeux éblouis par la neige du dehors. Elle pose ses seaux et essuie ses mains sur son tablier bleu, luisant à l'endroit des cuisses. Elle ne frotte pas dans la crainte de faire s'ouvrir plus grandes ses maudites crevasses. Assise sur le banc, Henriette racle des pommes de terre avec soin. On l'a tellement habituée à ne rien perdre! Un instant immobile, chauffant ses doigts gourds sous ses bras, la servante la regarde qui chantonne. Sa peau paraît plus fraîche. Ses joues sont chaudes de vie. Ses yeux brillent d'un reflet. Ce n'est pas l'effet de la neige irradiant les objets qui l'entourent. C'est tout autre chose. Depuis quelque temps, la Galiotte se doute, elle est seulement étonnée que Moarc'h n'ait pas compris. Elle s'approche du banc et, de sa main sèche, touche le menton d'Henriette. Elle met l'interrogation muette de son regard dans les yeux qui parlent mieux que des mots. L'autre ne les ferme pas. La servante y peut lire une forte joie.

– Ah ça! dit-elle dans un soupir inquisiteur.

C'est tout. Henriette reste toujours muette. Seules ses lèvres entrouvrent un sourire. Alors la Galiotte va à la porte qu'elle tire d'un geste vif. La lumière du dehors la frappe à nouveau à la tête et entre avec son haleine fraîche. La femme appelle Moarc'h. Sa voix est volontairement bourrue. Elle bougonne, heureuse. « Enfin, pense-t-elle, à ce coup-là, il a réussi. » Le Breton ne l'a pas entendue; les muscles tendus, il soulève la roue qu'Antoine dirige pour que l'axe tombe bien dans son moyeu rempli de graisse rouge. Lorsqu'elle voit qu'il a fini l'effort, la Galiotte l'appelle à nouveau. Cette fois-ci, elle s'impatiente.

– Viens donc ici, crie-t-elle, l'Henriette veut te dire... Faut pas la faire attendre... Pour une surprise, elle va t'en faire une...

– Quoi?... fait-il, contrarié d'être arraché au plaisir que lui donne ce travail utile.

» ... Continue, je reviens tout de suite, dit-il à l'Antoine.

De son pas mesuré et lourd, il va à la salle. Sur la pierre du seuil il se retourne pour juger l'allure de la charrette bien tenue entre ses deux roues aux rayons tendus, renflés comme des muscles en labeur. Et lui aussi essuie ses mains grasses sur les côtés de son pantalon de velours déteint.

« Qu'est-ce qu'elle peut bien vouloir lui raconter pour que ça soit une surprise », pense Antoine dépité de ne pouvoir savoir tout de suite.

Voilà, maintenant, Moarc'h sait. Henriette a tout dit. Le début où on doute et la vérité qui, à présent, s'impose. Il est fier de ce bien qui lui arrive en plus, qu'il attendait depuis si longtemps. Le voilà tranquille pour ses terres, pour la Noue. Il pourrait dire sa fierté, mais il la garde pour lui seul. Il se contente de donner des tapes amicales sur l'épaule de sa femme. Ensuite, il se laisse tomber sur le banc, auprès d'elle, comme s'il avait eu les jambes coupées d'un coup. Il soupire longuement et regarde la Galiotte. La bonne femme remue la tête. Elle n'aurait jamais cru le Breton aussi peu montrant. Déçue, Henriette se lève et s'approche du feu qu'elle tisonne. La flamme avivée éclaire ses yeux où brillent des larmes. Moarc'h baisse la tête. Malgré lui, il pense aux brutales déceptions d'autrefois : n'avoir pu réussir alors que les autres se lamentaient à tous vents que leur femme faisait pousser ça comme de la mauvaise herbe; ensuite, il pense à ces méchancetés venues avec le dépit, à ces mots aigres laissant la peine dans le cœur, sur les paupières, et la sensation d'une vie d'efforts sans but. Tout cela était arrivé à lui donner ce surplus d'amour qu'il avait pour sa terre. Ah! celle-là prenait bien le grain qu'on lui jetait et, de sa force femelle, le fécondait en même temps que mille et mille autres. Ce qu'il ne comprenait pas, c'est qu'Henriette qui, pourtant, était femme comme les autres femmes, pût être plus paresseuse que la plus paresseuse des terres. Il avait toujours vainement cherché à se mettre devant les yeux un morceau de lande plein de cailloux où n'aurait pas poussé le plus petit brin d'herbe. Et voilà qu'il doute comme bien d'autres fois. Henriette doit se tromper. C'est ça, elle doit encore se tromper. Il se lève et, comme il le fait dans ses moments de colère, il va et vient d'un bout à l'autre de la salle.

– Il n'y croit toujours pas, dit tristement Henriette à la Galiotte qui le regarde du coin de l'œil.

Moarc'h s'arrête enfin.

– Ça fait tantôt huit ans que je n'y crois plus, dit-il en s'efforçant de paraître calme... C'est trop difficile de s'imaginer que c'est arrivé tout à coup...

Henriette lui dit, gravement :

– Nous, les femmes, on ne s'y trompe jamais et je pourrais même te dire depuis quand il pousse...

– Raconte pour voir, dit-il, tendu.

– Souviens-toi bien, c'était le soir où t'as rapporté cette tête de pierre, il y a pas loin de trois mois... Et si tu ne veux pas me croire, je vais te montrer mon ventre qui prend forme... Tiens, regarde donc...

Et elle commence à défaire son tablier. Il l'arrête d'un geste.

– Si tu es si sûre!...

Et il ressent un apaisement.

C'est alors qu'il se souvient de sa visite à l'antiquaire d'Aubigny. Ne lui a-t-il pas dit, cet homme savant, que la vieille tête de pierre avait peut-être le pouvoir de conjurer les impuissances? Il s'efforce de sourire.

– Bon sang, dit-il en glissant ses deux mains dans ses poches de veste... bon sang, avec ses manières de se moquer du monde, celui-là...

– Qui ça? demande Henriette, ne comprenant pas.

– Celui à qui j'ai vendu la tête. Il m'avait dit qu'il suffisait de la caresser pour...

Et soudain, pris d'une pensée.

– ... Tu l'as caressée, dis?

Il a une nouvelle crainte. Si des fois c'était lui l'incapable? Il y avait songé mais jamais il ne l'avait fermement cru... Ah! ça, non...

La réponse de sa femme l'apaise :

– Rappelle-toi... Je l'ai touchée presque tout de suite, toi, tu n'as pas voulu la caresser... Tu ne savais pas que c'était du plaisir rien que de sentir le doux de ses joues et de son front.

– J'aime mieux ça, dit-il à mi-voix.

Et, s'apercevant qu'il donne, malgré lui, crédit aux suppositions de l'antiquaire, il a un rire malsonnant. Pourtant, il s'efforce de chasser de sa mémoire la scène où il se revoit tenant la pierre dans ses bras, contre lui. Il se persuade que l'homme a dit : caresser, et non : tenir, ce qui n'est nullement pareil. Enfin, il sent que pour compléter cette bonne journée, il a besoin de marcher dans l'air du dehors, d'entendre crisser la neige sous ses pieds et de la voir protéger terre et grains.

– Je vais faire du bois au-dessus de la Malnoue, dit-il.

Il cherche derrière la porte et paraît impatient.

– Où qu'on a mis ma veste noire ? jure-t-il.

~

Il a jeté sa hache sur son épaule rembourrée par deux épaisseurs de vestes. Ce froid est toujours là. A la longue, il finit par peser autant que du plomb. Il appuie sur les articulations et les fait craquer, comme craque cette neige sous les lourdes chaussures. Moarc'h va droit à la Malnoue. Là est un pré ; là un carré d'avoine, mais tout se ressemble, ne faisant qu'un champ immaculé telle une vêture de fille de mai. Il enfonce jusqu'au mollet. Le bleu du ciel se met dans chaque trou qu'il creuse. Ce sera une année bien remplie, elle donnera son plein de tout, comme on dit. Et il sent que ce sera une année d'abondance et non de misère. Si cette neige tient bon, ce sera meilleur que l'engrais. Elle ne gêne que les charroyeurs qui pestent parce qu'elle retient la roue. Il avance plus lentement. Il vient de repenser à cet enfant qu'Henriette fait. Et il prend plaisir à imaginer que ce sera un garçon. Un gars dru, vivace comme une bruyère. En pensant cela, il prend aussi plaisir à mesurer de l'œil l'étendue qui l'entoure, luisante de soleil. Tout ce qui se trouve dessous est à lui. Plus tard, ce sera à son fils. Il lui montrera les gestes à faire et ceux à ne pas faire. Il lui apprendra ses secrets : les uns pour semer au mieux; les autres pour repousser la mauvaise herbe; pour faucher le blé ou le foin couché; et un tas d'autres encore, ma foi tous bien utiles. Et si ce garçon ne veut en faire qu'à sa guise, on le mettra à des travaux qui auront raison de son entêtement.

Chaque enjambée devient plus pénible et lui rappelle les interminables chasses dans les landes de Sologne où il faut parfois lever les pieds de la même façon pour passer les touffes de bruyère qui font des vagues à n'en plus finir, hautes et serrées, cachant, sous leur écume rose, des pieuvres de ronces. Il se dit encore qu'il faut, coûte que coûte, que ce soit un garçon. Il a voulu faire un garçon, ça en sera un.

Quand on sème du blé, c'est bien du blé qui pousse et non de l'avoine.

Pour faire place à une sente, la haie a été éventrée. il la passe et tout de suite voit la masse verte des plantes qui gardent le marais. Il a enfin tout le champ dans l'œil. Il avance encore et s'arrête brusquement, le jarret tendu, le cœur soudain martelé. Une poignée de salive durcit dans sa gorge. Une rage subite monte en lui jusqu'à ses yeux, à grandes poussées. Lavée de neige, étalée comme une dépouille, la partie basse du champ, celle qui aboutit au marais, montre un ventre brun, sale et uni par le hersage. Presque la moitié de l'ensemencement se donne au froid. En tourbillonnant, le vent a enlevé le gros de la neige. La chaleur du marais a fondu la mince couche restante. Rien n'a pu s'opposer à ce vent de malheur qui a léché le blé sorti de deux feuilles. Moarc'h court, il voit que le mal est fait. Il se laisse tomber à genoux. Il met ses mains tièdes sur la terre glacée. A coups de hache, il éventre et fouille la terre durcie. Sa rage précipite ses gestes. L'herbe est là, filée, brûlée par le froid. Telle de la chevrotine ayant manqué son but, les grains ont été inutiles. De dépit, il jette sa hache. Il se relève et traverse le champ mort qu'il frappe à grands coups de talon. C'est bien la première fois que l'hiver lui joue un pareil tour, maintenant que sa femme a fait son vouloir, voilà que ce champ qu'il a tant travaillé le déçoit brusquement...

III

Lucas continue à repenser la part de crainte qu'il avait eue au temps de Moarc'h. Une part bien petite alors, mais, à présent, combien grande depuis que la fille de cet homme se fait plus mauvaise d'instant en instant.

– Alors? t'as toujours peur?... dit Jeanne, railleuse.

Elle lui jette cette phrase comme elle jetterait l'aiguillon dans les flancs d'un attelage de bœufs. Mais il ne bouge pas. Il se tient raidi par une frayeur muette qui reste dans sa tête et continue à agrandir son regard. On dirait que ses souvenirs sont étalés en lettres de feu devant ses yeux et que, fasciné, il n'arrive pas à s'en détacher. La fille le frappe encore de mots.

– T'es un couard... je croyais que t'étais un homme et voilà que tu crains des cailloux... Blaise, lui...

A ces derniers mots, le domestique semble reprendre conscience.

– ... Blaise, quoi?... Qu'est-ce qu'il aurait fait de plus, ce Blaise qui n'a rien à voir avec nous...

En s'animant il devient écarlate. Jeanne a un rire.

– Ça alors, qui m'aurait dit! Voilà que le nom seul de Blaise te fait plus d'effet que tout ce que je peux te dire... Faut croire que le gars te touche de plus près que moi...

– Te moque pas trop, Jeanne... t'oublies que je sais des choses qu'il faudrait pas crier dans la cour de la Noue...

En disant cela, il s'avance près d'elle. Sa main se pose juste à l'endroit où la longue jupe noire mord sur le corsage de carreaux rouges à filets bleus. Ses doigts, d'abord hésitants, serrent, puis, peu à peu, s'enhardissent. La Malvenue ne bouge pas. Elle sait que l'homme obéit plus facilement lorsqu'il a pris en lui le fluide de la femme. Elle se rapproche même. Alors le gars pose son autre main pour mieux enserrer. Il appuie de chaque côté, lentement, mais avec force, comme s'il voulait faire tenir la taille juste dans l'étau de ses doigts. Et la taille de Jeanne s'amincit. La fille sent l'haleine chaude et fade du domestique qui tend son visage vers le sien. Elle se retient de le gifler. Elle se maîtrise pour ne pas le repousser. Il faut qu'il la tienne encore un peu. Lorsque c'est suffisant, Jeanne se défait de lui et, aussitôt, ramasse le sac qui est tombé entre les fougères aux palmes crépies de graines.

– Tiens, dit-elle, en s'efforçant de paraître émue, tiens, reprends ça et aide-moi...

Elle s'arrête. Se fait tendre.

– ... Pour un peu j'allais perdre la tête... Lucas tu es fort et j'aime ta force...

Il ne répond pas mais il saisit le sac qu'elle lui tend. Jeanne peut voir qu'un sourire possesseur tire ses lèvres.

– Viens, dit-il enfin, impatient de plaire... viens je ferai ce que tu voudras mais il faut que tu me jures...

Et Lucas veut à nouveau la prendre par la taille. Mais elle ferme un instant les yeux et se recule vivement comme si elle n'avait pas vu son geste. A quelques pas de lui elle se met à chanter sur un air de branle.

– ... *Faut que tu me jures...*

... *Faut que je jure...*

Et, prenant sa jupe d'une main, elle mime la révérence.

– ... Je te jure... nargue-t-elle, toujours chantant... tu me jures...

Elle s'arrête et demande, malicieuse :

– Faut te jurer quoi au juste?...

Le gars paraît dépité par le jeu de la fille, pourtant il va au bout de sa phrase.

– Jure-moi qu'à partir de maintenant tu repousseras ce Blaise qu'on voit toujours tourner autour de toi...

Le rire de la Malvenue résonne entre les arbres. Lucas menace et implore tout à la fois.

– N'oublie pas Jeanne qu'on a un secret ensemble... et puis je ne peux pas me défaire du besoin que j'ai de toi...

– Bon, dit-elle d'un air sérieux, si je te donne ce que tu me demandes tu feras comme je veux?

– Oui... répond-il, la voix subitement étranglée par une trop violente joie.

– Alors, aide-moi tout de suite à rassembler les morceaux de pierre... tu les rapporteras à la Noue et tu les cacheras dans la porcherie derrière le tas de son... Bien sûr, faudra pas qu'on te voie... Demain on les recollera ensemble.

Et, sans attendre plus, elle court vers la haie. Lorsque, à nouveau inquiet, Lucas la rejoint, il voit qu'elle a déjà rempli le sac à moitié.

– Dépêche-toi donc... ordonne-t-elle.

Le ton est dur. Elle ne pense plus à jouer la comédie. Elle sait accomplir un acte grave. Mais elle est à cent lieues d'en imaginer les conséquences.

Elle aide Lucas à se charger du sac.

– Il est temps de repartir, le presse-t-elle, passe devant, je te rejoins...

Il se retourne vivement. Un pli de jalousie rapproche ses sourcils.

– Tu ne vas pas rester à attendre ce Blaise... tu m'as promis, dis?

– T'inquiète pas, je te suis, seulement il faut que je cherche encore, des fois qu'il y ait un morceau de resté sous les herbes...

Il maugrée mais s'éloigne. Par moments, il tourne la tête vers Jeanne. La fille fait semblant de fouiller la broussaille. Elle a hâte qu'il ait disparu derrière le dos rond du champ. Enfin elle ne l'aperçoit plus. Elle trouve tout de suite un passage dans la haie.

La voilà de l'autre côté. La lande est vide à perte de vue. Un brusque désespoir l'oppresse. Son cœur se serre. Elle voudrait Blaise avec elle dans cette campagne chaude, pleine de senteurs de vie. Elle voudrait courir avec lui dans le bois frais. Le gars devrait se trouver là. Il n'a pas eu le temps de partir loin. Elle peste contre ce niais de Lucas qui l'a retenue si longtemps. Proche est une souche couchée sur le flanc. Elle est comme une énorme araignée crevée, restée sur le dos, ses pattes velues dressées vers le ciel. Jeanne s'en approche, relève sa jupe et monte entre les racines. Elle ne voit rien que l'immense lac de mauvaise terre retenu par la longue butte de ronces qui fait une digue verte et rousse. Alors elle descend et, pour chasser son dépit, elle essaye de remuer la souche. Elle empoigne à pleines mains une grosse racine, empâtée de glaise desséchée comme une chair morte. Elle s'essouffle en vain, mais, peu à peu, s'apaise.

Une main se pose sur son dos et la pousse doucement contre la racine rugueuse. Elle maîtrise sa surprise et ne tourne pas la tête.

– Tu veux que je t'aide ? souffle Blaise, à son oreille.

Elle frissonne de la caresse laissée par le frôlement des lèvres chaudes, mais au lieu de montrer son plaisir elle lui fait face et le repousse.

– Je ne t'ai rien demandé, moi...

– Chaque fois que je te rencontre tu fais un travail qui n'est pas pour toi, alors je veux t'aider...

– Je ferai bien celui-ci toute seule, comme les autres...

Il dit encore, en se moquant d'elle :

– Si tu dois retourner cette souche il faut que je t'aide, sinon tu ne pourras jamais y arriver... A moins que ça ne presse pas?...

Elle se tend vers lui, hargneuse :

– Je m'occupe, moi, si tu poses des collets par chez nous?

– Je ne pose pas de collets... Qui t'a dit ça?

– Je t'ai vu tout à l'heure, pas loin d'ici, fouiner dans les broussailles.

Il baisse la tête pour cacher son trouble, mais sa voix s'allège.

– ... Bah, je pose des collets, si l'on veut... seulement le gibier que je cherche à attraper est bien trop malin... C'est une bête magnifique, jeune et vigoureuse...

Et il se redresse, la fixe droit dans les yeux.

– ... Oui, j'arrive parfois à mettre la main sur elle, mais je ne peux pas la retenir longtemps... Elle réussit toujours à fuir... Enfin, peut-être qu'avec de la chance, un jour...

A son tour Jeanne sent la chaleur d'une gêne se mettre sur ses joues.

– Je m'en vais, dit-elle sèchement.

Il la retient. Il va lui dire « Tu vois... » mais il a d'autres mots qui hésitent.

– Je voudrais...

– Tu voudrais quoi?

– Je te voudrais pour moi seul.

Elle rit et s'écarte de lui :

– Toi aussi tu me veux pour toi seul...

Une flamme, qu'elle ne commande pas, embrase ses yeux.

– ... Celui qui me voudra rien que pour lui tout seul aura le pire à faire pour ça...

Blaise ne voit pas que la fille n'est plus elle-même. Il ne remarque pas qu'une tache rouge a remplacé le reflet bleu de la marque qu'elle porte au front. Il ne voit rien d'autre que le corps attirant de Jeanne. Il parle sans la quitter des yeux. Ses mots ont l'air de venir d'eux-mêmes, sans qu'il les aide.

– Je crois que je ferais le pire pour toi...

La Malvenue se presse contre lui.

– Tu crois? murmure-t-elle, ironique.

– Oui...

– Alors, mets le feu à la ferme des tiens et je serai à toi...

D'abord il reste sans voix, mais, peu à peu, son rire arrive.

– Ce sera comme ça ou tu ne m'auras jamais, jette-t-elle alors, d'un ton cinglant... Adieu!...

Il voudrait répondre, plaisanter, mais elle a déjà passé la haie.

~

En arrivant à la Noue, la Malvenue trouve Lucas adossé au four recouvert par l'ombre du chêne. Dès qu'il l'aperçoit, il se gratte l'épaule et l'appelle. Il répète au moins dix fois qu'il n'a jamais vu chose pareille : à l'en croire le sac de pierres s'est mis à peser sur son épaule à mesure qu'il approchait de la ferme. A tel point que, dans les derniers cent mètres, il a été obligé de le traîner à même le sol. C'était comme si des morceaux de métal tout en tranchant avaient progressivement pris la place de ces cailloux informes. Enfin, maintenant, ils sont dans la porcherie, cachés derrière le tas de son, comme Jeanne l'a voulu. Et le gars se permet d'avoir moins de retenue vis-à-vis de cette fille qui s'est presque donnée pour un sac de pierres. Sa joie est telle qu'il en a oublié sa peur de la Malnoue et, du même coup, cette lointaine et vague histoire de Moarc'h aux prises avec l'antique tête de pierre.

~

A présent qu'Albin, le maître des Rudesses, a versé l'eau-de-vie dans l'épais bol de faïence, et qu'il le pousse sur la table, entre les mains de Lucas, le gars ne pense plus à médire de cet Antoine qui les a envoyés jusque-là, Jeanne et lui, pour aider à engranger les blés de par-là. Albin l'encourage à boire. Après avoir regardé un instant la Malvenue qui, agenouillée sur le carrelage gris, agace un chaton bâtard et teigneux, le domestique saisit le bol et boit une large goulée. Tout de suite il racle sa gorge et sa bouche à coups de souffles bruyants. La blanche a coulé du bol comme d'un creuset où elle était en fusion. Ensuite, d'un revers de manche, il essuie ses lèvres. Content de l'effet produit par son alcool, le fermier a un rire gras. Il lui dit qu'il doit tout avaler. Qu'il n'aura pas souvent l'occasion d'en goûter un aussi parfumé. Lucas ne se fait pas prier. Il aspire une autre gorgée, mais en prend moins. Ses forces se réveillent et il éprouve le besoin de gonfler sa poitrine, de chasser son souffle à grandes bouffées comme le fait Mord-l'acier, le forgeron, avec son grand soufflet de cuir, lorsqu'il veut conserver l'ardeur des braises. A un moment le maître des Rudesses lui montre Jeanne du pouce et cligne l'œil d'un air entendu. Le gars hoche la tête pour l'encourager à faire comme il comprend qu'il veut faire. Alors Albin prend le bol et le remplit à nouveau. Ensuite il va vers la fille.

– Petite, t'as pas dû goûter un sirop comme celui-là, tu ne veux pas essayer ?...

Le gredin a pour elle le même clignement d'œil en montrant Lucas du menton. Jeanne repousse le bol que l'autre veut à toute force lui voir vider. Mais Lucas la regarde, paupières pesantes de malice, sourire goguenard aux lèvres. Alors elle le prend et, sans quitter Lucas des yeux, laisse la blanche lui mordre la langue, lui arracher la gorge, lui dévorer la poitrine. Elle serre seulement la faïence au point de la briser. Albin a un sifflement d'admiration. Le domestique continue à sourire. Il plisse les paupières pour fouetter la fille et l'obliger à aller jusqu'au bout. Lorsque Jeanne a tout bu, elle rend le bol au maître. Sa main ne tremble pas. Ses yeux frappent toujours Luças, mais avec une telle intensité qu'il baisse la tête.

– Nous partons, commande-t-elle d'une voix ferme.

Elle sort en sautant la pierre du seuil. Au bout de quelques pas son cœur bat à coups violents comme s'il voulait s'arracher et, dans le même moment, elle a l'impression qu'une lame de faux coupe net ses jambes, à hauteur des genoux. Cependant, elle continue à marcher droit. Un vertige la saisit et, pour un peu, la ferait tourner comme une toupie.

– Parole, dit Lucas en la rejoignant, on ne s'attendait pas à te voir boire comme ça, on aurait cru que tu avalais du lait... parole.

La Malvenue reprend enfin conscience. A présent le feu des fruits larde sa chair mais elle ment.

– Oh, tu sais, c'était pas beaucoup plus fort, y avait que le goût de changé...

Le soleil tombe déjà à l'horizon. La chaleur est épaisse, immobile comme celle des étables. Elle sent âcre. Ils prennent la sente qui s'enfonce comme une veine d'air frais sous la peau verte du bois de Sommeraire. Lucas s'est rapproché de Jeanne et met son pas dans le sien. A un moment, elle peut entendre son souffle se coller à sa nuque. Elle lui fait face. Il voit alors la rougeur qui couvre son visage et l'arrondit. Il a l'envie subite de la prendre dans ses bras, de mordre les joues veloutées et avivées par l'alcool. Il se penche vers elle, l'attrape à pleine taille. Elle se débarrasse de lui en le frappant du poing. Elle rit. Lui aussi rit tout en la rattrapant et la tenant ferme. Chaque coup échauffe son désir. La blanche, qui le muscle, lui court aussi dans le sang et lui fait désirer ce plaisir qu'il veut tirer de la fille.

– Laisse-toi faire... répète-t-il sans cesse.

Soudain, il a un cri de douleur. La lâchant, il porte ses mains à son ventre. La Malvenue a réussi à l'atteindre d'un grand coup de genou. Elle part aussitôt en riant de plus belle. Tant bien que mal le gars domine sa souffrance et court à son tour derrière elle.

Arrivée contre le bois de la Croule, la Malvenue s'arrête et se tait. Sur le pré voisin, où s'étalent les rayons pourpres du soleil couchant, des lièvres errent et sont en telle quantité qu'il y a là de quoi remplir cent gibernes de chasseurs, et encore, de chasseurs maladroits. Jeanne n'en a jamais vu autant à la fois. Dès qu'ils aperçoivent la fille, les plus proches s'éloignent, disparaissent dans le bois à petits bonds calmes. La course de Lucas, qui arrive avec bruit, en fait fuir d'autres et d'autres encore. La Malvenue a un geste de dépit, puis elle lui fait signe de rester immobile et silencieux. Malgré lui, le gars obéit. Son rire se change en hoquets qu'il cherche à retenir en serrant les lèvres. Avec l'effort de la course, les vapeurs de l'alcool se sont enfuies. Maintenant il ne ressent plus que cette douleur mise en lui par le coup de genou de la fille. Il se rapproche à pas légers. Une douzaine de lièvres grignotent l'herbe sans inquiétude, mais un à un ils s'enfoncent dans le taillis qui les happe avec sa bouche de feuilles, et qui semble vouloir les digérer entiers et vivants comme le ferait un reptile. Bientôt il ne reste plus qu'un gros lièvre, gras et vif. Ses bonds sont étrangement souples, un peu à la façon de ceux des chats qui dansent leur sabbat devant la lune, et cherchent vainement à la griffer.

– On va l'attraper, souffle Jeanne.

Elle s'avance, suivie par Lucas. Le lièvre ne paraît pas se soucier de leur présence. Il ne montre que son dos gris fauve et sa courte queue ourlée d'une touffe de poils blancs. Ils ne sont plus qu'à quelques pas de l'animal. Maintenant ils se sentent pris par ce vieil instinct de bête que chaque humain garde en lui du temps oublié où il n'était qu'une bête comme les autres, se défendant ou attaquant avec ses crocs et ses griffes. Mais, juste au moment où ils s'apprêtent à saisir le lièvre, un gloussement aigu les oblige à se retourner. Derrière eux, un énorme coq faisan reste en attente, dressé sur une patte, le pelage gonflé de tous les feux du ciel et de la terre. Jeanne et Lucas se regardent, muets de surprise. Jamais ils n'ont vu un lièvre se laissant approcher et un faisan s'approchant. Ils n'ont qu'un geste à faire pour étrangler l'un ou l'autre. Il n'y a qu'à choisir. Jeanne choisit le lièvre. Elle bondit sur lui. Le poil soyeux glisse entre ses doigts. L'animal s'écarte de trois sauts et paraît attendre à nouveau.

– Viens... crie-t-elle à Lucas.

Mais le faisan glousse. Toujours immobile, il cherche apparemment à se faire tordre le cou.

– Attends, répond le gars, je vais d'abord attraper celui-là...

– Viens donc, appelle Jeanne, il va te rendre fou

avec ses malices, moi je suis sûre qu'on pourra mieux attraper ce lièvre... J'ai déjà failli l'avoir...

La fille avance. Ses doigts glissent encore une fois sur le pelage gris. L'animal fuit et s'arrête un peu plus loin. Il se roule dans les feuilles sèches et bruissantes de l'automne passé. Jeanne lance sa main. Il s'enfuit à nouveau, évite Lucas qui se jette sur lui. Et, chaque fois que l'un ou l'autre pense le tenir, il se dérobe. Et à chaque échec, ils recommencent inlassables, convaincus de l'attraper. De saut en saut, de course en course, de lancement de bras en lancement de bras, ils traversent la Croule sans se rendre compte. Brusquement, ils s'aperçoivent qu'ils se trouvent au seuil de la terre morte de la Malnoue.

~

En quelques bonds, le gros lièvre traverse le champ perdu. Il est bientôt au pied des joncs du marais. Là, il s'arrête et paraît se moquer de ces deux-là qu'il conduit où bon lui semble. Jeanne a vers Lucas un geste de la tête, volontaire : « Viens, cette fois-ci on le tient... » Mais le gars hésite. Rien qu'à se trouver sur le bord de cette terre de la Malnoue, il ne se sent plus de jambes. Il sait trop qu'une malédiction pèse sur elle pour des générations entières. La fille le pousse en avant. Il trébuche, s'arrête, s'immobilise au milieu des creusements qu'on a faits là autrefois et qui, maintenant, sont en partie comblés.

C'est un champ de longues plaies herbeuses. Un

profond silence chasse la vie. Le lièvre reste accroupi sur ses pattes de derrière. Il attend patiemment. Alors Jeanne laisse Lucas à ses craintes et court sur lui. Elle tend les bras. Cette fois-ci elle est certaine de pouvoir le saisir. A ce moment, elle reçoit dans le dos la poussée d'une main invisible et tombe à plat ventre, les bras toujours tendus. Ses lèvres s'écrasent à même le sable. Un goût de vase et de sang se met dans sa bouche. Elle ne crie pas, ne cherche pas à comprendre pourquoi elle est tombée. Le lièvre est là, de dos. Il regarde vers le marais. « A ce coup-ci, je t'aurai », pense la Malvenue. Elle retient son souffle. Écarte ses doigts pour mieux crocher la peau, juste derrière la tête, juste là où elle est détendue. Soudain le lièvre se retourne. Alors, comme si une vipère allait la mordre, la fille ramène précipitamment sa main. Elle étouffe un cri de surprise et de frayeur.

Le lièvre montre sa face et celle-ci est affreuse. Les orbites sont sans yeux, vides, profondes, sanguinolentes. Les narines béent jusqu'à l'os. Les babines remuent une putréfaction visqueuse. Seules les dents conservent un semblant de vie. Mais la fille voit tout de suite qu'il n'a plus de langue. La peau de sa tête pend, pourrie. Jeanne voit tout cela en un instant. Mais ce qui l'apeure le plus c'est que cette tête morte repose sur un corps vivant, gras de santé, au poil luisant et aux pattes pleines de vigueur.

Toujours à genoux, elle recule. Ses genoux sont griffés par les cailloux coupants. Son souffle est si court qu'elle est sur le point d'étouffer. Tel un grand fleuve qui déborde, le crépuscule glisse sur le champ de la Malnoue. Il semble s'écouler du bois de la Croule, sombre et pesant sur la crête. Le lièvre ne bouge toujours pas. Il attend. Loin derrière Jeanne, Lucas reste immobile. Il n'a pas vu. Il ne pense qu'aux mises en garde de la Galiotte. La terre stérile lui brûle les pieds comme si l'enfer était dessous. La fille n'est plus à ses yeux qu'une ombre imprécise. Quant au lièvre, il l'a oublié. Aussi a-t-il un sursaut lorsque la Malvenue se relève et revient à lui, toute tremblante.

– Tu l'as vu?... dit-elle encore affolée, tu l'as vu de près?...

Il regarde vers les joncs. Le lièvre a disparu. L'inexplicable frayeur de la fille le pousse à fanfaronner. Il paraît soudain oublier ses propres craintes.

– Bien sûr que je l'ai vu... répond-il, et à ta place je ne l'aurais pas laissé partir aussi bêtement... Va savoir où il est caché à présent... Allons viens, il faut rentrer...

Et en disant cela, il se dirige à grands pas vers l'opposé du marais, vers le chemin, mort aussi, qui mène loin de la Malnoue. Jeanne le suit lentement. Elle pense d'abord dire l'affreuse vision de cette tête décharnée, mais elle craint que le gars ne se moque en lui disant qu'elle ne sait pas tenir l'alcool. Et si c'était ça? L'eau-de-vie donne parfois des hallucinations. Alors, il lui vient l'envie de savoir. Elle rappelle Lucas qui est déjà sur le chemin.

– Eh! attends, il reste encore assez de jour pour

remuer les joncs... Reviens et aide-moi, il faut qu'on l'attrape, je veux le voir de plus près...

Il s'arrête à regret. Il faut que Jeanne le nargue pour qu'il se décide à revenir. Malgré cela, il semble au supplice.

– Quoi ? Voilà que tu as encore peur comme ce midi, toi un homme... Tu faisais le malin tout à l'heure... T'as pas peur d'une fille, mais tu trembles devant un peu d'eau...

Le marais est à cinquante pas devant eux, ils marchent côte à côte, aussi oppressés l'un que l'autre. Le crépuscule déverse la nuit dans la vallée. Il doit être tard. Maintenant, la Malvenue n'a plus autant envie de voir l'étrange lièvre. Elle pense faire encore cinq ou six pas afin de ne pas abandonner trop vite devant le gars frissonnant de crainte. Mais tous deux s'arrêtent net.

– Écoute !...

– J'ai entendu...

Du cercle de roseaux et de diagous couronnant le trou d'eau de la Malnoue montent des claquements inattendus. C'est, à s'y méprendre, le bruit régulier que font les lavandières en battant leur linge : « Plic, ploc... Plic, ploc... » Jeanne et Lucas se regardent. Il y a donc quelqu'un dans ce bouquet de joncs que tout le monde évite ?...

– Ça, dit Lucas à mi-voix, il faut être fou pour venir laver son linge ici... à cette heure...

Et son angoisse s'efface d'un coup. L'idée qu'on puisse laver dans la Malnoue le rassure.

– Il faut être fou, répète-t-il.

– Allons voir, dit Jeanne à son tour, subitement détendue, heureuse de cette diversion.

Ils courent. Le bruit claque de plus en plus sec : « Plic... » pour le linge en boule; « Ploc... » pour l'eau gorgeant la toile. La fille y trouve bientôt une ressemblance avec un air de branle comme en joue le vielleux d'Angillon. Enfin les voilà devant les diagous du marais. Sans se soucier du sol mouvant, ils avancent encore. Les voilà au milieu des roseaux : « Plic... ploc... Plic... ploc... » continue le bois qui écrase l'eau. « Plic... ploc... » faites la ritournelle. « Plic... ploc... » lâchez votre cavalière... C'est bien l'air du vielleux. La vase prend les pieds qui la bravent. Jeanne écarte les hautes tiges en partie vivantes, en partie sèches. Lucas en fait autant. Aucun d'eux ne pense plus à avoir peur. Ils veulent voir. Ils sentent le besoin de se moquer. Ils ne se rendent même pas compte qu'ils sont jusqu'aux mollets dans la vase et l'eau croupie. Enfin, d'un dernier geste, ils couchent les derniers joncs qui gardent le trou d'eau. Et paraît la surface de la Malnoue, que le crépuscule rend glauque. Des nénuphars flottent, leurs yeux jaunes hors de l'eau. Elle est grande comme la cour de la Noue. Seule l'eau du centre paraît encore vive. Sa peau frissonne. Mais ils ne s'attardent pas à contempler. La musique de bois et d'eau appelle leurs regards. D'abord ils ne voient personne. Le bruit semble venir de la rive opposée, celle où aboutit la lande jadis défrichée et labourée par Moarc'h. Ils cherchent, avides de voir. Les voiles de la nuit sont déjà épais. Ah! ça y est... là, sur cette petite plage qu'ils n'ont pas tout d'abord remarquée, juste à l'endroit où le lièvre a disparu... cette forme qui se baisse et se relève rapidement! On distingue ses gestes qui montent haut pour frapper en force. Chacun d'eux amène son bruit, différent, régulier tel un mouvement d'horlogerie. Elle tape et tape aussi fort que Mordl'acier sur son enclume. Des éclats d'eau sautent partout autour de son battoir. D'une main elle frappe. De l'autre elle plie et déplie une longue étoffe claire.

– Ça!... murmure Lucas, qui m'aurait dit que des femmes venaient battre leur linge à cet endroit!... Il faudra le raconter à la Galiotte... elle ne voudra pas nous croire...

Il se sent tout à fait libéré de sa peur. Pour un peu il rirait tout haut de cette autre qui vient là où personne ne voudrait mettre un orteil.

Enfin, la laveuse s'arrête. Elle déroule le linge qu'elle vient de battre avec tant de force. C'est un drap. Elle le ramène à elle et, d'un geste vaste, le jette sur l'eau comme le font les pêcheurs à l'épervier. Il fait une tache blanche qui éclate dans a grisaille. Au grand étonnement de Jeanne et de Lucas, le drap ne s'enfonce pas. Il flotte, bien à plat sur l'eau. Sans plus s'en occuper, la lavandière prend une autre boule d'étoffe, la trempe dans l'eau et se remet à frapper : « Plic... ploc... Plic... ploc... » Cette fois-ci l'air est plus triste. L'harmonium de l'église d'Angillon a parfois des idées de jouer aussi lugubrement.

Soudain, Lucas serre le bras de Jeanne. Il serre à lui craquer l'os. Un râle de terreur lui hache la glotte. Il se recule, se dépêtre tant bien que mal au milieu des herbes géantes, molles mais coupantes. A chaque levée de jambe, l'eau et la vase répondent par un bruit creux, rageur. Les lèvres informes de la terre pourrie ont de goulues plaintes de dépit. Enfin il réussit à repousser les tentacules visqueux qui veulent le retenir. Il est sur le sol ferme. Il fuit. Il court de toutes ses forces. Il hurle d'effroi. Le crépuscule résonne comme une grande cloche d'airain.

Jeanne n'a pas bougé. Ses pieds fouillent un peu plus la vase. L'eau croupie lui vient aux genoux. Sa robe flotte autour d'elle comme un pétale fané. La fille est fascinée. Elle ne fait rien pour suivre Lucas dans sa fuite. Ses yeux sont tellement tendus vers ce qu'elle voit, qu'elle souffre comme si on les lui arrachait. Une de ses mains serre sa gorge, l'autre reste refermée sur ses lèvres. Là-bas, la forme lave toujours sans s'occuper de quoi que ce soit. Elle frappe, frappe : « Plic... ploc... Plic... ploc... » Son bras se lève et s'abaisse en mesure, inlassablement, mais son corps, recouvert d'une vague étoffe, mise d'une mode ancienne, s'arrête à ses épaules. Elle n'a pas de tête.

~

Combien de temps Jeanne reste-t-elle ainsi, immobile, transie de peur, l'eau lui montant à mi-cuisses, la fièvre dans tout le corps. Combien de fois entend-elle les « Plic... ploc... » que fait cette apparition ! Le noir est presque entier. Le drap flotte toujours. Il avance lentement vers elle. Il n'enfonce pas ! Il est d'un blanc immaculé qui tache la nuit. Celui que la femme décapitée frappe sans répit reste en boule sous le battoir. Elle ne le déplie pas. Elle se contente de le tasser comme pour l'emporter. Jeanne sent ses forces la quitter. Elle ferme les yeux.

Un bourdonnement grésille dans ses oreilles et, en écho, il lui semble entendre des appels familiers soutenus par les notes de cette musique infernale. Enfin, elle distingue son nom. Le bruit du battage cesse. Elle rouvre les yeux. L'étrange lavandière a disparu. Son regard va sur l'eau, à l'endroit où devrait se trouver le drap flottant. Il n'y a plus rien... qu'elle, s'enlisant un peu plus à chaque mouvement. Elle entend toujours les voix, puis elle reconnaît celle, nette, d'Antoine ; puis celle, grognante, de Grattebois. Des lueurs trouent les joncs. Ils sont violemment brassés. Des mains se tendent vers elle et l'arrachent de force à la terre pourrie qui, déjà, croyait tenir une proie.

IV

... En cette année 1897, qui débute si mal pour Moarc'h, la neige reste deux bons mois à engraisser les terres. Mais le temps se fait doux. Des vents attiédis par un soleil plus vif obligent le froid à se décoller d'avec la neige qui, dans les champs, se ramasse par plaques. Un matin, en marchant sur la terre de la Malnoue, le Breton sent que la glace n'y laisse plus sa peau craquante. La terre a repris son odeur suave. A moins d'un retour inattendu, il sait à présent qu'il n'y a plus rien à craindre du gel.

Lorsque la terre a bu de force cette eau de neige, elle se ressuie et devient molle. Le fermier attendait ce moment. Aidé d'Antoine, il prépare un nouveau lit pour le grain de printemps. Cela fait, il prend sous son bras gauche le poids du sac de graines mères. Il croche fortement ses doigts dans le ventre de toile et, avec son autre main, déploie les graines comme un filet.

A l'horizon, un boqueteau de peupliers a réussi à saisir le soleil couchant avec ses branches et, araignée géante, le dévore lentement. La nuit ramène Moarc'h qui pense en avoir fini avec ce champ rebelle. Comme il arrive à la ferme, un bruit de roues et de grelots résonne sur le chemin des Langlois. Une charrette bâchée, tirée par deux chevaux, entre dans la cour et contourne l'abreuvoir. Elle s'arrête devant la porte de la salle. C'est Turpin, le meunier de Ménétréol, blanc de farine, petit et replet comme un de ses sacs.

– Oh là, fait-il en tirant sur les rênes, après avoir posé son fouet sur la banquette.

Il descend avec peine. Moarc'h va droit vers lui et s'arrête en touchant la main épaisse, à demi fermée, que lui tend l'homme.

– Bonjour, père Turpin, lui dit-il sans amabilité, on ne vous attendait plus...

Le meunier a un sourire d'impuissance. Dans chaque ferme, c'est le même reproche, dit avec bonne ou mauvaise humeur. Autrefois, il était toujours en avance dans son travail et ses tournées s'effectuaient régulièrement, mais à présent que l'âge le tient sous son poids d'années, chacun ne doit plus compter recevoir sa farine au moment voulu. La Galiotte sort de la salle. Turpin et elle sont tous les deux de Clémont et, de plus, du même âge. Dès qu'ils s'aperçoivent, ils s'approchent l'un de l'autre et s'échangent de bonnes tapes dans le dos.

– Tu ne maigris pas, conscrit, dit la servante, en reculant la tête pour le mesurer en volume, tu dois avaler la farine par les oreilles et le nez en plus de par la bouche...

– T'engraisses pas, fillette, répond le meunier sur le même ton, en refermant sa poigne sur le bras de la vieille, tu dois jeûner pour le Bon Dieu, ma parole... Tu vas bientôt te trouver à plaindre comme un pieu!

La Galiotte secoue son bras.

– Tu me fais mal, gémit-elle, dans le temps, t'étais plus galant et plus doux que ça et moins fier aussi, surtout quand on allait tous les deux garder les troupeaux dans les pâturages de la Sauldre... Tu ne t'en souviens même pas...

S'il ne s'en souvient pas! A plusieurs reprises, le bonhomme plisse les paupières d'un air complice. Enfin, il relâche son étreinte.

– Ah! coquine, tu crois qu'on oublie comme ça?...

Mais Moarc'h se moque de ce qu'ils ont bien pu faire ensemble autrefois. Pour le moment, ce sont ses sacs de farine qui l'intéressent. Aussi coupe-t-il court aux gentillesses que les deux autres s'offrent, aujourd'hui comme à chaque visite.

– Combien de sacs vous rapportez? demande-t-il.

– J'ai fait un effort pour toi, répond le meunier, à nouveau sérieux... tout ce que tu m'as donné au début de l'automne est là, dans la voiture... Dis à tes gars de tirer la bâche et, en rien de temps, ça va être dans ton grenier...

Le Breton se fait jovial.

– Voilà du bon travail, père Turpin, dit-il, mais vous avez mis du temps... Pour un peu, on allait manquer de pain...

– Vous me dites tous ça, mais vous savez bien que je ne suis plus jeune, et que ceux que j'emploie sont des paresseux. Si seulement mes deux gars ne s'étaient pas mariés ailleurs.

Il a un soupir.

Le fermier veut le conseiller :

– Vous perdez du temps à faire vous-même vos tournées, mettez-y un jeune...

L'autre a un mouvement de défense.

– Ça, jamais... si je te disais que je continue à remuer ces sacrés sacs de grain et de farine rien que pour avoir une raison de courir encore les routes, tu ne me croirais pas tellement ça peut te paraître bête... Toi, t'es pas de ceux qui peuvent comprendre... Eh bien, apprends tout de même que c'est un plaisir que je ne peux pas repousser. C'est comme un vice...

– Pour sûr, acquiesce le Breton qui ne veut pas contrarier le meunier.

Puis il appelle les domestiques. Ensuite, il va vers le grenier.

En passant devant la porte de la salle, son regard s'empêtre avec ce qu'il voit : la tête de pierre trouvée à la Malnoue est là, posée contre le mur, près du seuil.

– Bon sang!... s'exclame-t-il en s'arrêtant net.

La Galiotte l'entend et vient.

– Ah! oui, je ne t'ai pas encore raconté, dit-elle en mettant ses mains sur les hanches... ce tantôt, ton bonhomme d'Aubigny est revenu. Il a bien regretté de ne pas te voir, mais comme je lui ai dit, quand on ne prévient pas les gens, ils ne peuvent pas deviner.

Bref, il a descendu ta trouvaille de sa voiture – une belle carriole, si tu l'avais vue avec ses roues et ses ridelles fines comme des joncs, sans compter la jument remuante comme une amoureuse –, oui, je disais... il a descendu la pierre et il l'a mise là où tu la vois. Il a dit qu'il venait tout exprès pour te ramener ça. Il avait l'air pressé de repartir, même qu'il a refusé un verre de blanche. Avec du monde comme ça il faut bien faire, surtout qu'il doit être riche pour ne pas être pressé que tu le rembourses...

– Bon sang, jure Moarc'h.

Et, soudain inquiet :

– ... La plaque de cheminée, il l'a remportée ?

– Il n'y a sûrement pas pensé, continue la Galiotte, il était si pressé... On sentait qu'il avait comme une hâte de repartir... Il regardait même la tête avec un drôle d'air. Une fois qu'il l'a eu posée là, il a poussé un soupir comme un qui est content de se trouver débarrassé... Écoute, je vais te dire... tout comme moi, cet homme a eu peur de ta sale pierre... Tu devrais la jeter dans le marais, c'est là sa vraie place...

– Et il n'a pas dit pourquoi il n'en voulait plus ? demande encore le Breton que tant de générosité déconcerte.

– Oui-da, là-dessus, il m'a répondu qu'il avait eu assez d'ennuis comme ça, qu'il aimait mieux perdre un peu d'argent mais être tranquille... Il a même ajouté qu'il vous envoyait au diable, toi et ta pierre...

Subitement les paroles de la vieille lui coulent dans les oreilles comme de la crème.

– Dans ce cas, dit-il, l'affaire n'est pas du tout mauvaise pour nous...

– Oui, mais je trouve que cet homme a raison, cette pierre me fait peur, tu devrais t'en défaire...

– Ne racontez plus de bêtises...

Turpin s'est approché. En voyant la statue il s'enquiert, amusé et curieux.

– Eh bé, fiston, qu'est-ce que je vois là? C'est pas toi qui as fait ça, des fois?

Moarc'h répond tout de suite. Une légère fierté allège ses mots :

– De nos jours, on ne peut plus faire des têtes comme celle-là, on a perdu la manière... J'ai trouvé cette pierre ancienne en labourant notre nouveau champ de la Malnoue, sur les bords d'un trou d'eau...

Le meunier montre un vif étonnement.

– Comment, tu l'as trouvée près d'une Malnoue et tu cours le risque de la garder dans ta ferme?...

Moarc'h force un rire.

– Alors, vous croyez aussi aux sornettes de grand-mères, meunier de malheur?

– Si j'y crois?... Tiens, je suis sûr que tu ne sais pas ce que c'est que la Malnoue... Eh bien! c'est pire que tout... En ce moment, sous nos pieds, sous la cour de ta ferme, il y a un grand fleuve qui court d'un bout à l'autre de la grande boucle de la Loire. Toute la Sologne flotte comme ces îlots d'herbes que tu vois sur les étangs. Ce fleuve, d'aucuns l'appellent la Malnoue, on dit qu'il va se jeter dans l'Océan, toujours courant par en dessous la terre...

Le fermier l'interrompt.

– Écoute, on n'a pas de temps à perdre, tu nous raconteras ton histoire une autre fois, ça amusera la Galiotte. Allons, prépare tes sacs, la nuit arrive.

Mais le meunier l'attrape par le drap de sa veste et le retient de force.

– Attends donc... Laisse-moi te dire encore que la Malnoue est mauvaise au point de faire le pire... Elle a des tentacules partout sous ce pays. C'est une fille du diable. Tu sais pas, toi, qu'il fait aussi le mal avec l'eau, le diable! Il ne se sert pas que du feu, il lui faut commander aux deux : en être le maître, sans ça, l'une éteindrait l'autre, c'est pour ça qu'il a la Malnoue. Moi qui te parle, je l'ai déjà entendue gémir derrière une plaque de cheminée dans une ferme de Clémont, c'est pas bien loin d'ici, hein... et il n'y a pas deux ans de ça. La chaleur du feu la faisait grésiller contre le dos de la plaque. Tu peux être sûr que c'est pareil pour ta ferme... comme pour toutes celles de Sologne. Derrière ta cheminée, la Malnoue remonte. Si tu la braves, elle peut faire pourrir tes bâtiments... tes champs... rendre malades les tiens... et pire... noyer ta tranquillité...

Le meunier est devenu écarlate de conviction. On dirait que, pour le forcer à se taire, le diable qu'il vient de dévoiler le marque de la couleur d'enfer. Son visage dépare le gros sac blanc de son corps. La Galiotte l'écoute en hochant gravement la tête. Elle suit les mouvements de sa bouche et se sent prête à compléter par des détails qu'il pourrait ignorer. Quant à Moarc'h, il est bien forcé d'écouter car l'autre serre sa veste au risque de la déchirer.

– ... Et cette tête, continue le meunier, c'est peut-être celle de la mauvaise bergère de pierre qui garde et dirige la Malnoue. D'aucuns racontent qu'elle en a une toute laide... D'autres prétendent qu'elle en a une belle comme celle de la Vierge Marie... T'as bien dit qu'on appelle Malnoue le coin où tu as ramassé celle-ci et qu'il y a un trou d'eau... alors, tu ne comprends pas que la preuve est faite ?... Va vite la remettre où tu l'as trouvée, sans ça, ce sera du malheur tel que notre sorcier de Ménétréol ne pourrait rien contre, lui qui peut tout sur tout...

La Galiotte a un geste sentencieux qui approuve Turpin.

– Vous avez retrouvé vos vingt ans, meunier, raille alors le Breton pour cacher la crainte qui l'a saisi au ventre.

Et, disant cela, il réussit à lui faire lâcher sa veste. L'autre se calme enfin et paraît pris d'un remords.

– Ne crois pas que je me mets en colère... mais comme tu m'as l'air têtu, il faut bien te faire un peu peur... De toute façon, défais-toi de cette pierre. Maintenant, au travail, tu as raison, il est tard et j'ai encore du chemin devant moi...

Les domestiques sont déjà sur la charrette. Antoine hèle impatiemment le meunier.

– Voilà... Voilà... répond le bonhomme.

Marmonnant contre la Malnoue et tous les diables de Sologne, la Galiotte va à l'étable. Le Breton traverse la salle et grimpe au grenier par l'échelle de la remise. Il ouvre grand la porte de la gerbière. Ils l'entendent ensuite remuer la grosse poulie qu'il attache solidement au madrier dépassant du toit juste au-dessus de la charrette. Debout sur le chargement, Turpin et Antoine tendent les bras pour recevoir le bout de la corde. Lucas baye aux corneilles. Moarc'h lui crie de venir l'aider à tirer.

~

Tous les sacs sont à présent dans le grenier. Moarc'h pense à la tête de pierre. Il fait signe à Antoine et lui dit d'aller la chercher, de l'attacher à la corde. Cette trouvaille a encore de la valeur. Il faut la garder dans un coin. Qui sait, si ça se trouve, il la vendra à nouveau. Lorsqu'il l'a attachée, le domestique prévient le Breton qui, alors, tire avec Lucas. Antoine rit par saccades : « On dirait qu'on la pend », raille-t-il. Tout à coup, la corde s'allège. Un sourd cri de peur monte de la charrette. Il est suivi par celui, vif, de la douleur. Moarc'h se précipite à l'ouverture. En bas, le meunier est affalé contre la ridelle. La pierre est à ses pieds. Antoine se penche vers l'homme immobile. En se relevant le domestique donne un rapide coup de talon à la pierre. Elle roule et s'arrête contre un sac.

– Où est-il touché ? s'inquiète Moarc'h.

– C'est rien, dit alors Antoine d'une voix incisive, elle lui a seulement mordu le bout de la chaussure, mais pour un peu, on aurait dit qu'elle voulait lui écraser la poitrine... Il a juste eu le temps de se rejeter en arrière.

Puis, railleur :

– ... J'ai dans l'idée qu'elle l'a fait exprès... Vous ne croyez pas?...

– C'est ta faute, répond le Breton agacé, fallait serrer plus fort la corde; à ce coup-ci, fais plusieurs tours et noue ferme.

Le meunier se redresse enfin, fait quelques pas à cloche-pied. L'émotion et la douleur se crochent encore solidement à lui. A présent, il est blanc des cheveux aux galoches. C'est ainsi que doivent être les revenants et autres birettes. Il menace Moarc'h.

– Je t'avais bien prévenu que cette pierre était mauvaise...

Le Breton ne répond pas. Il rumine encore les paroles d'Antoine.

~

La fin mars attire une pluie épaisse et glacée. Les nuages pèsent. Ils montent de l'horizon sombre. Leur course semble mesurée juste de façon à effleurer les lointaines hauteurs de la Borne, comme pour y appuyer leur fatigue. Ils font penser à un immense et lourd troupeau de vaches portantes harcelées par des chiens enragés. Et ces chiens invisibles qui courent après ces fumées d'eau sont les méchants vents de mars. On les entend hurler lorsqu'ils se prennent par mégarde dans les branches. On les entend aussi écraser les grosses gouttes de pluie sur les toits et les murs. C'est comme s'ils secouaient leurs sueurs. Et, toujours, courent ces nuages dociles se vidant sans que jamais on ne voie tomber leur peau d'outre grise.

A la Noue comme ailleurs, on est las d'attendre ces beaux jours qui tardent à venir. On n'aurait jamais cru avril si proche, il semble que l'automne ne fait que commencer. Le courage manque soudain à tous. Seul Lucas ne se décourage pas. C'est pour lui une bonne occasion de dormir plus que de besoin.

Cet après-midi-là, l'heure de la traite vient à point pour secouer l'ennui. Avec sa fourche, Antoine recommence le travail de chaque matin et de chaque soir : de chaque jour de l'année. Tout en raclant il regarde vers Henriette qui trait. Elle est de dos. Les mouvements rapides de ses mains font rouler ses épaules. Sa tête a un petit à-coup à chaque geste. Ses longs cheveux bruns débordent du carré d'étoffe rouge noué sur sa tête pour les retenir. La rondeur de ses bras tend le tissu du corsage. Ses hanches, soulignées par le tablier en vichy rouge et blanc, s'appuient solidement sur le siège bas. Le domestique se sent repris par cette poussée de vie qu'il ne peut assouvir qu'en imagination.

A ce moment, Henriette l'appelle et lui demande un autre seau. Elle a fini de remplir le sien. Il en rapporte un autre, vide et froid. La fermière change de bête et le pose dessous, à même la paille. Alors, Antoine ne peut s'empêcher de dire :

– Pourquoi donc vous ne l'enserrez pas contre vous?... C'est moins de fatigue pour les reins...

Elle le regarde. Il lit dans ses yeux un reproche,

une contrariété et n'y trouve pas le reflet de son propre désir.

– Je ne me sens plus comme avant, répond-elle en détournant la tête, faut pas m'en vouloir...

– Vous avez beaucoup changé, dit-il, à voix plus basse, on dirait qu'on vous a jeté un sort...

– Peut-être, répond-elle.

~

Ce soir-là, après le repas, bien après que tout le monde se fut couché, Moarc'h s'apprête à quitter la salle. Mais, avant, il rassemble les braises et les met sur le côté de l'âtre, à l'abri de ce satané vent qui, parvenant à passer un doigt dans la cheminée, fouille la cendre. La plaque de fonte, scellée contre le fond, semble une entrée de four fermée sur une cuisson. Les paroles du meunier reviennent au Breton. Malgré lui, il se penche pour écouter si un grésillement court derrière le métal. Il sourit de la bêtise du vieux Turpin... Comme si cette fameuse Malnoue pouvait avoir partout des tentacules et menacer chaque ferme! A vrai dire, qu'a-t-il fait de mal en reprenant un peu de terre sur le bord de ce trou d'eau! Il touche la plaque. L'épaisseur a retenu le chaud et le gardera encore longtemps. Ensuite, il va s'assurer si la porte et les volets s'arc-boutent contre les coups d'épaule du vent. Tendant ses muscles, il s'étire. Enfin, après avoir éteint la lampe qui a mis partout l'odeur tenace de sa mauvaise haleine de pétrole, il se rend dans sa chambre.

Henriette est couchée. Elle est sur le dos, la tête posée à plat sur l'oreiller enveloppé d'une cretonne rouge. La couette, ce ventre mobile du lit, a été rejetée par terre. La couverture, bien prise sous le matelas, est tendue comme l'est la peau du ventre d'Henriette. La lampe, laissée allumée sur la table de chevet, lui fait une figure de morte et appelle le respect, alors que sa chemise, mal fermée, montrant la naissance de sa gorge, attire l'envie avec force.

Moarc'h sent qu'une joie lui chauffe brutalement le sang. Ses veines en sont toutes gonflées comme si la moitié de sa chair s'était subitement faite sang. Il a soudain envie de réveiller Henriette et de lui offrir cette force. Comme il enlève sa veste qui retient ses gestes, il sent que le froid le guette pour entrer au travers de sa peau et y mettre le mal. Alors, il oublie son désir. Il se dévêt en partie et entre lourdement dans le lit chauffé par sa femme qui a au moins cette utilité. Il appuie son grand corps contre elle. Henriette se secoue et le rejette. Sans la moindre contrariété il se retourne et souffle la lampe. Au bout d'un moment, il ramasse la couette dans le noir et la met jusque par-dessus sa tête. Il ne s'endort que lorsqu'il a assez chauffé le fond du lit, froid comme un puits, et chassé de ses oreilles les clapotis de l'eau et les cris du vent.

Ce n'est pas le vent qui l'a réveillé. Il est surpris de prendre conscience au milieu de la nuit. C'est sans doute le froid qui l'a tiré du sommeil en lui mettant ses invisibles sangsues au museau coupant, qui ont sucé le sang chaud de ses épaules pour le remplacer par des glaçons. Dehors la pluie est toujours poursuivie par le vent. Le toit crépite. L'eau a réussi à pénétrer dans la chambre par une fissure. Des gouttes tombent sur le sol. Les premières n'ont pas fait de bruit en tombant, mais, à présent, toutes celles qui sont à terre forment une flaque dans laquelle les autres éclatent. Le bruit de ces gouttes tient Moarc'h de plus en plus éloigné du sommeil, et lui fait penser à une Malnoue céleste. Pour se rendormir il appuie la couette sur son oreille.

Soudain, un choc sourd ébranle le plafond et redresse le fermier. Ce bruit vient d'au-dessus. Bientôt, c'est un puissant, un long roulement à même le plancher du grenier. La charpente craque. Moarc'h reste immobile, figé de surprise, et retient son souffle pour mieux entendre. Mais, là-haut, le bruit cesse et ne se renouvelle pas. Le Breton a trouvé : un rat – et Dieu sait s'il y en a dans ce grenier – a dû faire tomber la grosse boule de bois du jeu de quilles. C'est elle qui a roulé.

Et, se remettant entre le chaud des draps, il se rappelle ces fameuses parties d'autrefois avec le beau-père et les autres. Elle roulait bigrement bien cette boule. Son poids l'entraînait juste où l'on voulait, à condition, bien sûr, de bien la connaître comme on connaît un bon outil. Il s'endort enfin en pensant qu'il faudra monter la ramasser et la caler dans un coin pour qu'elle ne lui fasse plus de ces peurs subites.

Et sa main esquisse le geste de la prendre par les trous creusés à même son bois : orbites et nez creux qui lui donnent l'aspect d'un vieux crâne décharné.

~

Il est presque midi lorsque Moarc'h se souvient de la boule et de son intention d'aller la remettre à l'ordre dans le grenier. Comme il lui reste un moment de libre avant de manger, il grimpe là-haut. Dès qu'il a levé la trappe, la poussière le prend à la gorge. Tout de suite le plancher du grenier craque et grince. Le sec le rend bavard. Une toile d'araignée se colle sur son visage et fait frémir sa peau. Il passe à côté de la tête de pierre. En l'apercevant il a la surprise d'une redécouverte. Pour lui, elle appartient déjà aux souvenirs lointains, et, comme eux, qui sait si elle ne va pas rester là des années. Puisque les antiquaires de la ville n'en veulent pas, qui en voudrait? A peine l'a-t-il dépassée de quelques pas qu'à nouveau il l'a oubliée. Il regarde vers le tas de grains étalés entre les planches qui les retiennent. Il s'en approche et, avec la pelle de bois posée contre, les remue après avoir enlevé quelques souillures durcies faites là par un chat. Bientôt, il lâche la pelle. Ce qu'il veut trouver, c'est cette boule. Cette boule roulant la nuit et qui risque encore de lui reprendre son sommeil. Il regarde un peu partout sur la partie qui se trouve juste au-dessus de sa chambre, mais il n'aperçoit pas la boule vagabonde et se dit que la Galiotte l'a remise en place.

Il se demande alors pourquoi elle l'aurait fait puisqu'il n'a dit à personne de le faire. Il avance et se trouve devant la vieille barrique. Dessus est la boule de bois. Il lâche une exclamation. La bonne femme l'a donc replacée! Il s'assure qu'elle est bien calée. En la touchant il sent qu'elle est recouverte par une calotte de poussière. Il en est surpris et regarde de plus près. La boule porte au moins deux ans d'une poussière grasse qui lui met une perruque. Pourtant, ce bruit de l'autre nuit! Dans le grenier il n'y a aucun autre objet capable de le produire... Pas possible, il a donc rêvé! Après tout, c'est sans importance. Mais pour ne pas être venu inutilement, il empoigne la boule à pleines mains et retourne à la trappe par où monte un air pur et froid. Il la jette au pied de l'échelle. En touchant le sol de la remise, elle rend un bruit mat. Ensuite, il descend après avoir tiré la trappe. Arrivé en bas, il donne un coup de pied à la boule qui roule contre le mur, entre une pile de vieux fers et une marmite de fonte ébréchée dans laquelle la rouille fait bouillir deux poignées de vieux clous tordus. Cela fait, la faim l'appelle à table.

~

Tout dort à la Noue. Le temps des pluies est fini. Cette nuit d'avril s'étale jusque par-delà la lune qui la troue. Le froid reste figé par sa lumière laiteuse. La première partie de la nuit, celle qui endort profondément bêtes et gens, tire sur sa fin. L'un après l'autre, les coups onduleux et graves de la cloche d'Angillon courent, arrêtés et renvoyés par les collines. Ils sont douze qui, alertement, se souhaitent le repos. L'heure après, il n'y en aura plus qu'un, triste. Seuls l'entendront ceux qui n'ont pas besoin des forces et du réconfort de la nuit, ou bien ceux qui n'ont pas mérité le sommeil : les malades fatigués de leur lit, et le notaire d'être resté assis tout le jour entre les bras de son fauteuil d'archevêque.

Mais Moarc'h, qui a pourtant la fatigue jusque dans l'os, se réveille et entend les coups lointains puis, en écho, ceux, plus proches et décalés, de l'horloge de la salle. Il aurait préféré ne pas connaître la mesure de nuit écoulée. Pesamment, il se retourne. Le bois du grand lit craque. La couette l'étouffe dans sa chaleur molle. Il s'en débarrasse, la rejette sur Henriette qui dort avec un léger raclement de gorge. Il se sent encore trop chaud. Il est agacé de subir l'embrassade de cette fièvre qui s'est collée à lui. Pour aider son grand corps à respirer, il sort une jambe des draps et la laisse pendre dans le noir. Le froid qui entre dans sa cuisse chasse sa fièvre, et se fait glace. Alors il rentre sa jambe qui, tout de suite, aspire le trop-plein de la chaleur des draps. Au loin, les aboiements du chien des Langlois font penser à des hurlées de loups.

A présent qu'il est tiré du sommeil, voilà que sa tête se met à faire son travail de tête. Il ne veut penser à rien mais il ne peut rien contre lui-même. Déjà s'imposent les soucis de la journée à venir, loin derrière six heures de nuit. Pour les chasser, il cherche à se souvenir des bons moments. De bonnes en mauvaises pensées, il en arrive à complètement perdre le chemin du sommeil. Il sort ses bras qui s'échauffent à ne rien faire. Il les allonge sur la couverture, de chaque côté de son corps qu'il s'efforce de détendre, comme s'il dormait. Mais tout ce noir qui l'entoure, penché sur lui, l'oblige à rentrer ses bras. Il lui semble que depuis un moment, sa tête essaie de lutter contre autre chose. Il dirige son regard perdu vers l'emplacement de la fenêtre. Telle une bonde, le volet empêche la nuit de sortir de la chambre. Des traits de lune se glissent par ses jointures. Moarc'h se lève et va à cette fenêtre qui l'emprisonne. Il marche lentement pour ne pas buter. Il pousse le volet. Un torrent de petit-lait de lune lui coule sur les bras. Il croit mieux respirer et retourne se coucher. L'alentour du lit reste hostile. Le Breton s'est rarement senti aussi seul. Il glisse sa main pour toucher le corps de sa femme, prise par le repos. Un peu plus rassuré, il soupire bruyamment, se redresse pour mieux s'allonger et tire sa chemise sous lui.

Soudain, un coup sourd fait vibrer le plafond. Moarc'h se laisse retomber et reste immobile. Le silence a effacé le bruit. Et c'est un nouveau coup... Malgré lui, il lève les yeux vers les grosses solives qui prêtent l'échine au plancher du grenier. La lumière de lune ne porte pas jusque-là. On ne distingue rien. Il entend seulement et c'est pire que de voir. Ce second coup semble être de fer. Il est tombé raide sur son cœur et l'a frappé comme s'il était posé bien à plat sur une enclume. Ça le fait souffrir comme un supplice. Puis c'est un autre coup et d'autres encore qui n'en finissent pas. La sueur de peur, âcre et forte, lui traverse la peau de part en part. Henriette dort toujours, calmement.

Au gros du bruit succède le roulement de l'autre nuit, oublié derrière un mois de labeur. Il repense alors à cette boule du jeu de quilles qui, déjà, a réussi à lui donner une peur d'enfant... Il và rire de soulagement lorsqu'il se souvient l'avoir descendue. A l'heure présente, elle doit se trouver dans la remise. Il a alors la sensation qu'une lame d'acier traverse son ventre et le découpe par petites peurs jusqu'aux reins. Il cherche à se débarrasser de cette douleur qui va ripailler avec son corps. Il sait qu'elle s'attaque d'abord au ventre, qu'ensuite, pour parfaire son travail, elle coupe les muscles des bras et des jambes. Pour rester le plus fort, il faut agir. Le voilà debout sans même avoir commandé ses gestes. En tâtonnant, il trouve ses vêtements et s'habille. Il ne veut pas allumer la lampe. Résolument, il va à la porte. Mais en cherchant la clenche, il se ravise et revient mettre la vie à la mèche gorgée de pétrole. L'odeur de la fumée le réconforte. Lentement, il quitte la pièce. De l'autre côté, la salle sent l'âtre tiède et la rassurante odeur du vieux lait croupi.

Accompagné par son ombre, soutenu par la lumière, encouragé par le vivant tic-tac de l'horloge, il arrive dans la remise. Au pied de l'échelle droite qui monte au grenier, il jette un regard avide d'espoir dans le coin des ferrailles où il a mis la boule de bois. Il l'aperçoit tout de suite et subit un choc comme s'il la recevait en plein dans les jambes. Il ne veut plus monter. Il ne veut plus voir.

Là-haut, les coups reprennent. Il veut fuir mais il se sent attiré. C'est tellement plus puissant que sa pauvre force d'homme! Il grimpe en s'aidant d'une seule main. De l'autre, il tient toujours la lampe dont la langue tremble à l'image de son affolement. Il ne commande plus ses gestes. Son front heurte la trappe. Si près de voir, il cherche une nouvelle fois à s'enfuir, mais plus forte que ses craintes, sa tête pousse et soulève le panneau. L'anneau qui, à l'intérieur, sert à le lever, change de flanc et retombe avec un bruit si tranchant qu'il découpe presque le crâne de Moarc'h. Pour ne pas tomber à la renverse il s'agrippe à l'échelle. Puis il continue à lever la trappe. Il lève... lève... lève... mais ne voit rien. Il lève encore. Maintenant ses yeux peuvent explorer tout le grenier. La nuit est là. Seule la lucarne laisse tomber le même rayon de lune qu'en bas, dans sa chambre. La nuit est partout ailleurs; sauf sur l'emplacement de cette lucarne. En dehors de ce trait blême, on ne voit rien. Ah! si, peut-être... autour du pilier la rondeur blanche de cette tête de pierre blafarde, qui se déplace au ras du sol...

La stupeur et l'effroi l'assaillent. Pourtant il réussit à redescendre. La trappe se referme avec un bruit qui le chasse. D'un bond, il est en bas. Il court dans sa chambre. Il secoue brutalement sa femme. La peur a réussi à lui creuser un sillon de la nuque aux reins et de la gorge au ventre.

Henriette se réveille, surprise, puis inquiète de sentir ces mains lourdes qui passent partout sur son corps. Enfin, elle reconnaît.

– C'est toi? s'exclame-t-elle.

Elle le touche, elle sent qu'il est habillé et qu'il tremble.

– Qu'est-ce qui t'arrive donc? demande-t-elle encore.

Il se recule du lit et s'écroule dans un coin. La peur est allée trop profond.

~

Pendant le reste de la nuit et toute la journée qui suit, Moarc'h, mis au lit, est agité par cette fièvre que personne ne peut expliquer. A certains moments, il claque des dents. A d'autres, il se redresse sur ses coudes, la tête ballante, le regard perdu et parle d'une voix qui sort comme de derrière l'épaisseur d'un mur. Il délire sans qu'on parvienne à saisir le sens de ses paroles et, par là, à connaître ainsi la cause d'un mal aussi brutal.

– Ça doit être un mauvais sort, geint la Galiotte en hochant la tête.

– Je vous dis qu'il a dû cogner du front contre une poutre, répète Antoine. Faut pas s'inquiéter, ça a la vie dure un Breton.

Mais en voyant son homme s'attarder à souffrir, Henriette est prise d'une grande pitié. Elle le veille à genoux. Aussi Antoine se sent-il profondément malheureux. Si bien qu'il prend la main de la fermière et, longtemps, la serre fort.

Sur la fin de l'après-midi Moarc'h ouvre les yeux et ses paroles se font sensées.

– J'ai mal dans la tête, gémit-il en regardant fixement le groupe silencieux... J'ai une douleur qui m'appuie sur le derrière des yeux... J'ai vu quelque chose d'affreux... Pourquoi vous ne m'avez pas réveillé plus tôt... Vous m'auriez tiré de ce cauchemar...

Il passe ses paumes moites sur son front, puis laisse retomber ses mains comme si elles portaient le poids de toute sa souffrance.

Il va se lever mais, soudain, il se renfonce entre les draps.

– Là-haut... gémit-il angoissé, je me rappelle... Vite qu'on aille chercher le sorcier de Ménétréol... Turpin en parlait l'autre jour... Cet homme peut tout... Il faut qu'il vienne tout de suite... Il faut qu'il m'aide... Vite, Antoine, prends la carriole et ramène-le... vite... vite...

Ils ne comprennent pas tout de suite ce qu'il veut. Il répète encore et, même, supplie.

– ... Vite, Antoine, va le chercher tout de suite...

Comme le domestique ne paraît pas vouloir obéir, la Galiotte et Henriette sortent pour faire ce que demande le maître. Alors, d'un geste vif, Antoine retient les femmes et va à l'écurie. Elles l'entendent maudire, puis les murs de la ferme se renvoient la course saccadée du cheval, mêlée à celle, raide, des roues.

A la nuit, Antoine revient avec l'homme. Celui-ci peut avoir soixante ans. La route lui a mis une étole de poussière. Il porte encore son tablier de maréchal-ferrant. Un beau tablier en cuir souple, sentant le vert, neuf tel un vêtement du dimanche et qu'il a absolument tenu à mettre. L'homme qui peut tout est petit, maigre, bien rasé, mais les suies de sa forge lui ont barbouillé leur enseigne sur le visage. Il a le crâne nu, peau tendue comme celle d'un tambour. Ses yeux finauds sont ramassés comme pour prendre moins de place et frapper avec plus de force. L'âge commence tout juste à vriller sa voix. Elle se visse dans Moarc'h et le débouche de sa torpeur.

– Alors, mon gars, dit le bonhomme en se penchant sur le lit... T'as tenu à me voir?... Et pourquoi c'est donc?...

La lampe éclaire une partie de la chambre. Dehors la nuit s'est faite entière. Allongé, le Breton se reprend à trembler.

– Ça ne va pas, soupire-t-il en fixant l'homme.

La Galiotte jaillit d'un trou d'ombre et vient tapoter la couette comme pour en faire sortir plus de chaleur. Moarc'h aperçoit également Henriette, pâle, et Antoine, accoté au chambranle de la porte, moquerie au seuil des lèvres.

Pour se confier, le fermier a besoin d'être seul

avec l'homme et il a tant hâte de tout lui dire que, pour faire sortir son monde, il retrouve, juste le temps qu'il faut, sa voix d'autorité.

– Allez-vous-en donc, partez... Vous n'avez pas à savoir ce que je sais... Allez travailler au lieu de rester là comme des inutiles... et fermez la porte.

Le sorcier se tourne vers eux et, d'un petit geste de tête, les encourage à obéir. Il a l'air de dire de ne pas s'inquiéter, qu'il va tout arranger... que, en somme, c'est son affaire.

Aussitôt la porte fermée, Moarc'h se laisse aller à dire entièrement sa peur.

– Voilà, commence-t-il d'une voix étouffée par le ton dont on entoure les secrets... Ma ferme est hantée par une mauvaise pierre... Une tête d'antique que j'ai trouvée dans un labour... La nuit passée j'ai entendu du bruit dans le grenier qui est là, au-dessus...

Il s'arrête et regarde craintivement le plafond.

– Continue, encourage l'homme, ne te retiens pas pour dire, c'est mauvais pour la tête d'y garder ses tourments.

– Alors j'ai pris une lampe et je suis monté là-haut... et j'ai vu... Ah! malheur...

– Ensuite? presse le sorcier, seulement curieux de savoir.

– Ensuite, répète le Breton... Ensuite, j'ai vu la tête de pierre... Elle était vivante, éclairée par le dedans... Elle se déplaçait sans que rien ne la porte. Ah! j'ai peur... Aidez-moi, vous qui pouvez tout...

L'homme, qui sait faire désirer ses conseils, reste muet.

– Vous pouvez tout... reprend Moarc'h, désespéré... Alors que faut-il faire pour que je ne l'entende plus jusque dans mon sommeil... C'est pas ma faute si le soc de ma charrue lui a tranché le cou. C'est elle qui est mon mal... Faites quelque chose, je vous paierai bien...

– Tu es sûr de ne pas avoir rêvé ce que tu racontes? dit enfin le sorcier en rabaissant ses paupières jusqu'à se fermer les yeux.

– Ah ça non!... j'en donne ma main à couper...

L'autre hoche la tête et poursuit.

– Je te dis ça parce que souvent on me dérange pour les mauvais rêves que donne la fièvre... On croit que c'est des choses arrivées et on prend peur... Là, je n'ai pas grand pouvoir, ça se passe tout seul... Bien sûr ton affaire pourrait être grave, mais il faut être sûr de ce que tu racontes... Tu te souviens d'un détail qui prouverait bien que tu n'as pas rêvé?...

Le Breton se rappelle être revenu de la remise en courant et d'avoir réveillé sa femme. Il le dit, ajoutant que c'est ensuite qu'il a perdu la mémoire. Sans un mot, le sorcier se lève et sort de la chambre. Il reste un long moment absent. Lorsqu'il revient, il a l'air plus soucieux.

– ... Il y a vraiment ici quelque chose d'anormal, lui dit-il sur un ton d'approbation... Un homme de ta force n'aurait pas pris peur aussi facilement... Tu dis que ta charrue a tranché le cou de cette tête...

Il y a donc une statue dans ton champ? Et, si je comprends bien, tu l'as décapitée...

Le fermier acquiesce. Sa poitrine se soulève à grandes soufflées. L'homme de Ménétréol continue. Sa voix s'est alourdie. Elle enveloppe peu à peu le Breton comme d'un brouillard ouaté et l'isole bientôt du reste du monde. Il entend :

– ... Je vais essayer de conjurer le mal en endormant le pouvoir maléfique que dégage cette tête... Seulement, mon gars, laisse-moi te dire que tu as mal agi en la séparant du reste de son corps... A ta place je la recollerais sans plus tarder... Cette statue est peut-être le diable en personne... Donc, tu vas creuser à l'endroit où tu l'as déterrée et la replacer sur ses épaules de pierre... C'est là sa vraie place, après elle n'aura plus aucune raison de te nuire... Crois-moi, si elle fait tout ce bruit dans ton grenier, c'est qu'elle veut que tu la ramènes où tu l'as trouvée...

Le Breton se tire violemment de la torpeur où l'avait enfermé le sorcier.

– Ça non, crie-t-il, retourner tout de suite mon blé de la Malnoue pour un morceau de pierre... Ah! non... j'aime mieux attendre que la moisson soit faite... Après je vous promets de le faire...

– C'est comme tu voudras, répond l'homme, en écartant les bras pour bien montrer qu'il se dégage des conséquences de ce refus... seulement prends garde, tant que tu ne la remettras pas dans ton champ, ne la brise pas et ne la déplace pas de l'endroit où elle se trouve à cette heure, ce serait du malheur double...

Puis, soucieux et interrogateur, il tend son menton :

– ... Les tiens savent-ils les tours qu'elle te joue, cette tête ?...

Moarc'h met aussitôt sa main dans celle du sorcier.

– Non, dit-il vivement, non, ils ne savent pas et faut pas qu'ils sachent, je ne pourrais plus garder personne... et ils seraient capables de jeter cette tête dans un coin perdu des bois... alors, comme vous dites de ne pas la bouger...

– Oui, tu as raison, répond le bonhomme, en se défaisant de la main du fermier, moite et poisseuse... il ne le faudrait surtout pas... A ce coup-là ton malheur serait éternel... Je leur ferai accroire que je suis venu pour autre chose... Et, dans ce cas, j'endormirai de chez moi cette pierre... Ne te soucie pas, j'ai là-bas tout ce qu'il faut. Rien ne me résiste...

Et, après un silence :

– ... Donne-moi ce que tu voudras... Tiens, un louis me suffira...

– Un louis ! répète Moarc'h surpris.

Il trouve que c'est cher mais, comme cet autre tient le bon bout, il se décide et attrape son pantalon que la Galiotte a roulé et posé à même le carrelage. Il en tire son mouchoir. Un coin est noué. Pour se cacher du sorcier, il ramène son épaule et, d'un geste rapide, défait le nœud. Une des pièces qui se trouvent là glisse sur le drap. Aussitôt il renoue. Il s'y prend de telle façon que les autres louis ne tintent pas. Il ramasse la pièce, la donne à l'homme qui la met dans sa poche sans la regarder et s'apprête à le quitter sans le remercier. Mais le Breton le rattrape de justesse par son tablier.

– Et ma fièvre, dit-il, vous ne me l'enlevez pas ?

– S'il n'y a que ça pour te faire plaisir, je peux bien t'en soulager...

D'une de ses poches il sort un carnet crasseux et en arrache un feuillet sur lequel il écrit avec un crayon de charpentier qu'il trouve avec peine au fond d'une autre poche. Il s'applique et, à chaque mouvement du crayon, sort un bout de langue. Lorsqu'il a fini, il plie soigneusement le feuillet et le tend au Breton en soulignant son geste d'un froncement de sourcils.

– Demain matin, sitôt que t'entendras quelqu'un dire les premières paroles de la journée, tu avaleras ce papier... En peu de temps ton mal partira. Surtout contente-toi de ça et ne mêle pas le médecin à ton histoire...

Il fait un signe de croix à rebours et sort lentement à reculons. Moarc'h entend la Galiotte lui poser des questions. Puis les bruits de la voiture de la Noue le reconduisant à sa forge, comme il l'a exigé. Alors, impatient, le Breton déplie le feuillet. Avide, il peut lire ces mots étranges et incompréhensibles, tracés par la main du sorcier : *« Abraxas, garraze, eglatus. »* Cela fait, il le replie craintivement comme s'il venait de nuire à sa propre guérison...

V

Avec peine, Antoine et Grattebois ont ramené Jeanne à la Noue. A présent la fille est dans la salle, affalée sur le banc, le dos à la table, les mains crochées de chaque côté. Elle se retient et se raidit comme si elle craignait de s'enliser à nouveau. Tous ceux de la Noue sont là, devant elle, inquiets et soucieux. Ils suivent chaque mouvement de sa tête, encore alourdie par la frayeur. Personne ne parle. Ils subissent encore leur effroi. A quelques minutes près, ils arrivaient trop tard pour sauver cette fille qui provoquait cette Malnoue au passé de malheur. Ils gardent dans les yeux la vision de Jeanne immobile, figée, sans défense, s'enfonçant peu à peu dans le marais, là où il n'est plus eau, ni terre. Sans Lucas, faisant irruption à la Noue en hurlant sa peur tel un damné échappé de l'enfer, cette fille, pétrie pour la vie, n'aurait plus laissé qu'un souvenir douloureux. Ah! elle lui doit une fière chandelle. Mais elle doit autant à Antoine et à ce Grattebois aussi fumeur que peu bavard. L'un l'a empoignée par la taille. L'autre par les bras et, hisse, ils l'ont tirée au risque de rester eux-mêmes entre les crocs visqueux de la Malnoue. Ils se sont rejetés juste à temps. A sentir ces nouvelles proies, le marais se trouvait de l'appétit et s'ouvrait plus grand. La fille fut traînée sur les joncs brisés. Elle était inconsciente. La peur lui prenait son souffle et s'en nourrissait. Pour la faire revenir à elle, il a fallu lui donner de larges gifles. Même qu'Antoine, qui les donnait, s'est senti pris d'une honte. Pour effacer la mauvaise impression, il lui a doucement remué les bras, puis les jambes. Ces jambes grasses de vase sentant déjà la mort. Les femmes qui arrivaient à ce moment, précédées par leurs cris stridents, se sont agenouillées pour l'aider. Antoine les a repoussées en disant d'une voix brutale qu'une main d'homme était plus vigoureuse que toutes leurs jérémiades. En se penchant pour écouter la respiration de la Malvenue, il a frôlé sa poitrine.

Et c'est à cela qu'il pense encore au milieu de ces autres toujours silencieux devant la fille qui, les yeux clos, semble se débattre dans un cauchemar. Il a la même attitude que tous : le front soucieux, le geste suspendu, mais par moments Henriette surprend le regard qu'il a pour le corsage de Jeanne où la vie revient lentement et palpite. Enfin, la fille ouvre lentement les yeux. Elle voit le groupe penché sur elle. La lumière des lampes disposées sur la table, derrière elle, éclaire leur face anxieuse. Elle peine à reconnaître les personnages de cet étrange tableau aux visages comme des masques. Sur le moment elle croit se trouver dans un autre monde. Mais la fresque s'anime. Jeanne reprend pleinement conscience.

Maintenant chacun a son mot à dire. C'est d'abord la mère qui se plaint d'être morte d'anxiété. Puis la Galiotte qui sermonne. Antoine qui questionne et Grattebois, lui-même, lâche deux mots qui résument deux phrases de soulagement. Pendant qu'ils parlent, des couleurs réapparaissent sur les joues blêmes de Jeanne qui n'éprouve plus qu'une profonde lassitude. Elle se penche et, d'un geste machinal, pose ses mains sur ses jambes. En séchant, la vase a laissé une croûte craquelée. Alors elle étouffe un cri d'effroi. Elle se souvient. Les autres la voient pâlir à nouveau. Elle les regarde. Ses yeux se perdent derrière un léger voile.

– Où est Lucas ? demande-t-elle d'une voix éteinte.

La Galiotte s'approche et s'assoit à côté d'elle. Son halètement de vieille est seul à percer le silence revenu.

– Lucas... il ne vaut guère mieux que toi... il est dans son coin, roulé dans ses draps, il grelotte d'une peur qu'il veut pas dire et qu'on lit dans ses yeux, tout comme dans les tiens... Allons petite, avoue que tu as voulu lui faire une farce et que tu t'es prise à ton propre jeu...

– Faut que tu nous racontes, dit alors Henriette, en caressant le front de sa fille. On veut savoir qu'est-ce que vous faisiez tous les deux à cette heure-là dans un endroit aussi mauvais... Vous n'êtes pas allés aux Rudesses ? Dis, raconte...

Grattebois veut savoir aussi. Sa curiosité est telle que des mots arrivent à remuer sa langue paresseuse.

– ... On ne te punira pas... grogne-t-il.

Henriette a un regard dur vers le bonhomme. Elle est subitement agressive.

– Il ne manquerait plus qu'on la punisse après le mal qu'elle a failli avoir...

Antoine la calme et, d'un rapide clin d'œil, remet le père dans son silence coutumier. Jeanne parle. Elle ne cache rien de ce qu'elle a vu. Les visages se marquent d'incrédulité. Sûr, la fille a dû rêver ce qu'elle raconte avec tant de conviction. Comme si une femme pouvait aller laver son linge à la nuit tombante dans ce trou d'eau sale que personne n'a envie d'approcher même en plein jour, et surtout une femme sans tête. Seule de tous, et à mesure qu'elle entend, la Galiotte s'est mise à froisser son tablier noir et ses maigres épaules se sont prises de tiraillements qui la font se pencher à droite et à gauche. Par moments ses lèvres tressaillent comme si une douleur lui mordait lentement le dedans de la tête. Son attitude est tellement inquiétante que chacun ne peut s'empêcher de la regarder.

Jeanne a enfin fini de raconter. Tout de suite elle craint d'être moquée et, sûrement, si la Galiotte n'avait pas montré son anxiété, il y aurait eu des rires et des moqueries, mais elle voit que l'attitude de la vieille les trouble tous.

– ... L'histoire de la fille a l'air de vous remuer, dit Antoine, après un raclement de gorge.

Une malice brille dans ses yeux, cependant il

n'ajoute rien d'autre. Avant de répondre, la servante a l'air de secouer un fardeau. Elle soupire et parle comme si elle ne s'adressait qu'à elle-même. Sa voix est pleine de râles secs, plaintifs.

– ... Bien sûr que ça me fait quelque chose... Ce que la petite a vu, d'autres l'ont peut-être vu avant elle... Et ceux auxquels il a été donné de voir ça, eh bien...

Henriette a pâli. La Galiotte n'ose plus continuer. Deux larmes qu'elle ne peut retenir viennent luire sur ses paupières rougies. Chacun les voit couler sur ses joues tannées et fripées.

– ... Eh bien quoi? dit brusquement Jeanne, qui ne comprend rien à l'émoi de la vieille.

La Galiotte pose sa main sur l'épaule de la Malvenue. Les doigts pressent à coups légers et réguliers comme si le cœur de la femme se trouvait dans sa main.

– On ne peut pas te dire, petite... On peut pas te dire, mais...

D'un ton bref, Henriette la fait taire.

– ... Elle n'a pas besoin de savoir, et puis vous n'allez pas lui donner des idées comme vous en avez fait avoir à son père...

Elle s'arrête et détourne son visage bouleversé. Jeanne est soudain tendue. Elle va peut-être apprendre un peu du mystère qui entoure la fin du père. Mais Henriette ne veut pas que sa fille s'enfonce souci en tête. Elle met ses yeux dans ceux de Jeanne qui y lisent l'affolement et la crainte.

– Tu as cru voir quelqu'un, dit-elle d'un ton rapide

et persuasif... Toi et Lucas vous avez eu des imaginances... Vous avez couru après un gibier, et, tout bêtement, vous vous êtes enlisés dans le marais... C'est pas vrai? Alors vous avez tellement eu peur que vous avez pris une ombre pour un revenant... Voilà toute la vérité de cette histoire à dormir debout...

C'était en partie vrai, mais Jeanne se garde bien de dire l'étrange lièvre qui les a conduits de force au trou d'eau. Maintenant elle comprend : cet animal monstrueux avait charge de l'attirer vers cette lavandière fantôme et ce faisan s'offrait pour les retenir. Jeanne le pense mais n'en parle pas. On aurait raison de rire sans retenue.

La Galiotte reste tout entière à ses pensées. Soudain elle a un sursaut et paraît prendre Henriette et Antoine à témoin.

– ... Mais! s'exclame-t-elle, cette tête qui manquait, qu'elle raconte la petite... Cette tête! vous ne croyez pas?...

– Au diable cette tête, crie alors Antoine, je vous ai pourtant déjà dit que je voulais plus en entendre parler.

Et il prend à pleine main une des lampes posées sur la table. Des ombres courent sur les murs et se fondent dans le noir des recoins de la salle.

– Il est grand temps d'aller se coucher, dit-il encore, sans ça demain il y aura des paresseux...

La Galiotte aide Jeanne à se relever. Elle l'accompagne jusqu'à sa chambre. Tout en allant, elle a des mots pour la rassurer.

– Va te coucher petite et ne pense plus, comme t'a dit ta mère, c'est elle qui a raison, tu as dû sûrement croire... Tiens, moi qui te parle, j'ai une fois pris une girouette pour une birette... Je devais avoir ton âge...

Elle a dit cela sans sourire et elle a un soupir qui dément ses propos. Elles entrent dans la chambre. Henriette les suit. Pour les éclairer, Antoine vient jusqu'à la porte. Jeanne est allongée sur son lit. Ses formes tendent l'étoffe. Le fermier reste là, immobile, comme envoûté. Son regard semble vouloir soulever le corsage et caresser la peau tiède. Henriette lit sa pensée.

– Qu'est-ce qui te prend donc? lui dit-elle, agressive. Voilà plusieurs fois ce soir que tu la regardes avec un drôle d'air...

Il se sent bête.

– ... Moi? et pourquoi donc je la regarderais... C'est une gamine et rien de plus...

Il fait mine de se retourner pour partir mais, à ce moment, la Galiotte qui tient la main de la fille lui demande de rapprocher la lampe. Il s'empresse. Le corps de Jeanne est étendu. Ses jambes pendent. Elle ferme les yeux. Ses jupes relevées montrent les cuisses rondes, encore souillées par la vase mal lavée.

– Faut qu'elle dorme, dit la vieille en remontant les jambes sur le lit.

Ses gestes sont maladroits. Elle tremble trop et n'a plus de forces. Sans poser la lampe, Antoine l'aide d'une main. La lumière douce étire les jambes, en affine encore la forme. Il n'a pas le temps de se pénétrer plus profondément de l'abandon de cette jeunesse. Henriette le saisit par la manche et, au risque de déchirer l'étoffe, le tire fortement en arrière. Il sort à regret.

Lorsqu'ils ont quitté la chambre de Jeanne, la vieille referme doucement la porte et leur fait signe de la suivre. Elle va jusqu'à la remise et, là, d'une voix basse, tressautante d'émotion, elle leur apprend ce que la fille devra ignorer à jamais.

– ... Maintenant je peux vous dire, eh bien, je crois ce que dit la petite, la statue est bien revenue ce soir, elle continue à réclamer les débris de sa tête... Les années ne comptent pas pour elle... Vous ne croyez pas vous autres?...

Personne ne répond. Grattebois, qui ne sait presque rien de cette histoire et qui, de plus, n'aime guère entendre parler de revenants, autant que de toute autre diablerie, s'écarte aussitôt du groupe. Il va s'asseoir au coin d'âtre et tire le jus de sa pipe. Ils l'entendent saliver sur la braise qui pétille. La vieille dit encore, avec peine :

– ... On aurait dû, autrefois, jeter les morceaux dans le marais, mais toi, Antoine, en les laissant dans les broussailles d'à-côté tu n'as voulu faire qu'à ton idée, tu n'as pas cru que ça avait de l'importance... A présent ta paresse peut coûter à celui qui mettra la main dessus...

Antoine se défend d'un geste vague. Il se moque de la femme. Mais au fond de lui, il est troublé.

– Allons! vous n'allez pas nous faire croire que cette statue réclame encore sa tête en morceaux?

C'était bon pour Moarc'h qui croyait plus au diable qu'au Bon Dieu...

– Ne te moque pas, supplie Henriette.

Elle parle ensuite à la vieille et la questionne avec une émotion contenue :

– ... Et ces linges qu'elle battait ?... Qu'est-ce que ça pouvait être ?...

La Galiotte ferme les yeux. Elle paraît se recueillir.

– ... Je n'ose pas croire, dit-elle enfin, mais ça pourrait être deux suaires... un malheur se prépare...

Dans la pénombre, ses lèvres ne se distinguent plus. Ses paroles semblent venir d'au-delà.

– ... Deux suaires qu'elle préparait pour deux qui sont près de trépasser...

~

Le vacher se lève bien plus tôt qu'il n'a coutume de le faire. Il entre bruyamment dans la salle. Après avoir pris le pain dans la huche, il laisse maladroitement retomber le couvercle qui claque. La Galiotte se dresse dans son lit comme si ce bruit avait eu le tranchant d'une hache et qu'il soit venu couper net son sommeil. Tout de suite, elle se sent honteuse. Elle se croit en retard sur les autres. Mais elle voit que l'aube se fait à peine. Elle demande alors qui est là. Le petit gars vient à la porte et la pousse légèrement : « C'est moi... » dit-il en passant sa tête hirsute. La vieille voit que la fatigue reste dans ses yeux noirs et luisants. Elle y voit également le gros d'une crainte.

– Ah ça!... se moque-t-elle. Ah ça! te voilà bien courageux ce matin... Il ne doit pas être plus de cinq heures... le coq n'a même pas bougé... D'habitude il faut toujours attendre après toi pour te donner les vaches... Qu'est-ce qui te prend donc?...

Sans qu'elle le lui dise, le vacher entre. La Galiotte se lève et s'habille. Elle ne veut pas que le gars puisse raconter partout qu'il lui a parlé debout alors qu'elle était couchée.

– ... On dirait que t'es pas tranquille, ajoute-t-elle, pourquoi t'as fait tant de bruit?... Dis?...

– Y a, répond-il enfin... y a que j'ai pas pu dormir de la nuit rapport à Lucas... Il n'a pas arrêté de me faire peur...

– Que racontes-tu là?...

– Oui, il répétait tout le temps que le diable tournait autour de lui... Qu'il lui tirait les cheveux, les pieds, les doigts... Est-ce que je sais au juste, moi?... J'entendais seulement... J'ai pas voulu voir, j'avais mis ma couverture sur la tête... Je ne voulais pas que le diable me fasse la même chose... Vous ne l'avez pas entendu crier?...

La Galiotte glousse un rire finaud.

– Qui ça?... Le diable?...

– Allez... vous moquez pas... vous savez bien que le diable ne parle pas... C'est de Lucas que je veux dire... Il criait encore plus fort que moi quand j'appelle nos vaches lorsqu'elles sont parties à l'autre bout des prés... De toute la nuit il n'a pas arrêté de repousser le diable... Je vous jure... Pour sûr qu'il l'a ramené hier soir quand il est revenu de la Malnoue... J'ai pas bougé pendant des heures, même que j'ai mal partout... J'ai cru que j'allais mourir étouffé sous la couverture, mais valait mieux mourir là qu'en enfer... Pas vrai?... Enfin, tout à l'heure, quand il a fait plus clair, Lucas s'est arrêté de remuer et de crier... Le diable était sans doute parti, faut croire qu'il n'aime pas le jour...

Pendant qu'il jacasse sans reprendre haleine, la vieille a fini de s'habiller. Elle refait son lit en quelques gestes précis sans en ajouter un de plus que d'habitude.

– Fallait pas t'inquiéter comme ça, dit-elle enfin entre deux sourires et en tapant sur l'épaule du vacher, Lucas a pris la fièvre dans l'eau du marais et il a eu un mauvais rêve, c'est tout...

– En tout cas, il m'a fait bien peur, continue le gars de sa petite voix rapide qui trotte dans l'oreille de la femme et, à la longue, l'énerve... Surtout qu'il a dit, comme ça : « Faut aller sortir les pierres... faut leur dire où elles sont cachées... leur place n'est pas à la Noue, faut le dire à la Galiotte et aux autres... » Voilà ce qu'il disait quand il parlait au diable...

Le sourire de la femme se fige. Le vacher voit qu'à son tour la servante prend la même peur que la sienne, qui, aussitôt, redouble.

La femme quitte alors la chambre. Il l'entend frapper à la porte des maîtres et, tout de suite, crier.

– Eh!... Henriette, Antoine... Vous deux... levez-vous...

Elle doit appeler à plusieurs reprises. Enfin le fermier sort. Il est pieds nus et finit d'enfoncer sa longue chemise dans sa culotte avec les mêmes gestes qu'il aurait eus pour bourrer un sac de linge. La Galiotte ne lui laisse pas le temps de questionner.

– Viens, viens, il faut secouer Lucas... Je savais bien que quelqu'un avait fait une bêtise... Ce grand bête a trouvé les morceaux de la tête, il les a rapportés à la ferme... Le vacher l'a entendu raconter ça cette nuit... Viens... faut savoir...

Antoine ne répond pas. Il a un mouvement d'humeur. Il commence à en avoir assez de cette histoire de tête et de Malnoue. La veille, en se couchant, il lui a fallu calmer sa femme et voilà que ce matin on le pousse, avant toute chose, à s'en occuper à nouveau. Il jure et s'étire afin de réveiller ses muscles. Ensuite, d'une grattée de doigts, il remet en place ses cheveux emmêlés par le sommeil. A son tour, Henriette s'approche. Elle aussi cherche à se défaire de la poigne du sommeil.

– Il faut savoir sur l'heure... presse la Galiotte.

Henriette regarde la servante et, peu à peu, sent revenir sa frayeur de la veille.

– Viens, décide-t-elle soudain, elle a raison, si jamais ces pierres se trouvaient à la Noue ce serait du malheur qui nous guetterait... Regarde, hier la Jeanne a failli disparaître dans le marais... C'est tout dire...

La Galiotte a déjà ouvert la porte de la salle. Antoine va les traiter de folles mais il se rappelle sa propre peur... Cette scène atroce où ce Breton...

Il ne veut pas penser plus avant les détails de ce cauchemar, sa langue a un claquement de dégoût. Et, à présent, si jamais les débris de cette même tête se trouvent à nouveau dans la ferme, le même mal risque de revenir et, qui sait si cette fois-ci, lui, le maître actuel des terres de la Noue, bonnes et mauvaises, n'en serait pas la première victime.

Ils traversent la cour où flottent les voiles de l'aube. Ils sont rapidement à l'autre bout de la grange où logent les domestiques. Ils entrent. Lucas dort. Il gît de travers, à moitié nu... Il se tient comme un lutteur épuisé par un dur combat. Tous voient qu'il s'est sauvagement battu avec son cauchemar. L'une de ses mains reste fichée dans le ventre de paille éventrée. Sous les coups d'ongles, le coutil, cuit par les années, a filé en larges plaies. Hachée par l'usage, la paille d'avoine, dorée et luisante, couvre l'alentour du lit. Un raclement sort de la gorge du gars. Sans ménagement, Antoine l'empoigne par les cheveux et le secoue. L'autre se réveille en hurlant, arraché de son sommeil à la fois par cette douleur et par son propre cri. Dans un geste de défense, son pied bat violemment le vide. Il reconnaît enfin Antoine, l'entend, et la peur se mêle à sa souffrance.

– Tu vas me dire si c'est vrai que tu as trouvé les pierres défendues... Tu vas me dire où tu les as mises... Tu vas me le dire, ou je t'arrache la tignasse en trois poignées...

Antoine le lâche. Lucas s'agenouille sur sa paillasse. Un vertige va et vient dans sa tête comme la bulle d'un niveau de maçon manié par un apprenti.

Il n'arrive pas à la tenir droite. A un moment, il regarde vers la porte ouverte et fixe la cour comme s'il s'attendait à voir paraître quelqu'un. Finalement, après une hésitation, il soupire et parle.

– ... Oui, les pierres sont ici... mais ça n'est pas moi qui ai voulu les ramener... Je n'ai fait qu'obéir à la Jeanne... C'est elle qui les a trouvées dans la haie, là-haut, vers la Croule...

– Où sont-elles ? coupe la Galiotte, de plus en plus affolée à l'idée de cette provocation.

– Montre-nous où tu les as mises, exige Antoine en contenant sa colère, montre tout de suite...

Tant bien que mal Lucas s'habille et sort le premier. Sans un mot, tous le suivent. Une fois dans la cour, il leur tourne le dos et marche avec plus d'assurance. En passant devant la salle, il regarde par la porte ouverte. Un instant il craint que Jeanne ne soit levée. Il ne veut pas qu'elle le voie montrer la cachette aux autres. Une fois le sac tiré dans la cour, il fera l'innocent et le tour sera joué. Il se défendra alors d'avoir avoué quoi que ce soit. Antoine aura trouvé ce sac, par hasard.

Pourtant, avant d'arriver à la porcherie, pris d'une crainte subite, il ralentit sa marche. Antoine le rejoint et, d'une bourrade, le force à presser le pas. Une fois contre la porte basse, Lucas la pousse et disparaît à l'intérieur. La Galiotte et Henriette se regardent et se comprennent sans échanger un mot : si les pierres se trouvent là, ce sera l'explication de cette étrange maladie qui, depuis la veille à midi, s'attaque aux porcs, leur couvrant la peau de larges plaques lépreuses. Antoine n'a pas la même pensée mais il serre les poings. Le gars ressort enfin traînant le sac. La toile de jute est visqueuse de fumier. Les débris de la tête s'entrechoquent à l'intérieur.

– Le voilà, dit-il, et il ajoute tout de suite, craintif... Vous n'allez pas raconter à Jeanne que c'est moi qui vous ai montré où elle me l'a fait mettre... Je voudrais pas que...

Une gifle lui coupe la parole et déjà Antoine en prépare une autre, mais Henriette le retient.

– Laisse-le, dit-elle, ça ne changera rien... Pour l'heure, il faut se défaire des pierres... C'est le plus pressé...

Antoine repousse sa femme. Lucas connaît Antoine. Il sait que maintenant il est prêt à cogner sans pitié, qu'il va lui briser un membre, qui sait? le tuer. Il court chercher la protection de la Galiotte qui se tient à l'écart, fascinée par ce sac dans les flancs duquel, silencieuse et agissante, sourd la colère infernale qui, déjà...

– Écoute, crie-t-il à Antoine, écoute, je vais t'apprendre ce que la Malvenue a encore fait de pire...

Henriette calme son homme et s'approche du gars. Elle ne pense plus aux débris de la statue. Ses yeux se sont brusquement chargés d'une colère de mère. Elle se dresse comme une vipère.

– Raconte tout de suite ce qu'elle a fait de pire, la Jeanne, raconte vite, qu'Antoine ait double raison de punir un lâche et un menteur.

De grosses gouttes de sueur viennent sur le front de Lucas. Bientôt elles luisent sur tout son visage.

Il se sent acculé. Il voudrait se taire mais il ne le peut plus. Son salut est dans l'aveu. Il est grand temps de tourner cette colère vers la fille incendiaire. Lorsqu'on saura, on le laissera tranquille et même on le récompensera. Il cherche à prendre un ton assuré, mais l'aplomb lui manque. Enfin il se décide.

– La Jeanne... c'est elle qui...

A ce moment une voix railleuse les fait se retourner.

– ... Qu'a-t-elle fait cette mauvaise fille?...

Lucas porte brusquement sa main devant sa bouche comme s'il voulait retenir de cette façon les paroles qu'il s'apprêtait à dire. Jeanne vient à eux avec son rire léger. En marchant, elle continue à passer lentement un peigne dans ses cheveux longs et souples. Ses gestes ne reflètent aucun trouble. Sa peur de la veille paraît n'avoir jamais été. Seul le bord de sa jupe sali de vase en parle encore.

– Ça va petite? lui dit le fermier, soudain radouci.

– Vois celui-là, montre alors Henriette, indignée... il veut nous apprendre que tu as fait pire que d'avoir trouvé ces pierres...

Et elle ordonne à Lucas :

– ... Continue donc, elle a fait quoi? Dis-le tout de suite, on veut le savoir...

Les mots se sont mis en bouchon dans la gorge de l'accusateur qui voit les yeux de la Malvenue s'embraser comme s'est embrasée la meule de blé.

– Parle, Lucas... l'encourage-t-elle enfin, narquoise. Dis-leur que c'est moi qui ai mis le feu à la meule l'autre nuit... Tu peux dire aussi que c'est la

Galiotte... ou Antoine... ou même les gendarmes d'Angillon... On ne sait jamais... quand un gars comme toi veut raconter le pire, faut s'attendre à tout...

– J'ai rien voulu dire... essaye d'expliquer Lucas en baissant la tête.

Cela détend Henriette, mais Antoine a envie de le corriger. Jeanne comprend son intention et raille à nouveau.

– Ça ne servira à rien... demandez-lui donc plutôt ce qu'il voulait me reprocher... S'il vous le dit vous aurez de la chance...

– On se moque de ce qu'il peut raconter, dit Antoine qui se calme, tout ce que je veux c'est qu'on ne fasse plus la bêtise de ramener ici des pierres comme celles qui sont dans le sac... Bien sûr, toi, la fille, tu ne pouvais pas savoir, mais Lucas!... Maintenant il faut aller les jeter où elles devraient se trouver à cette heure... Ça fera plaisir à ta mère et à la vieille. Pas vrai les femmes?...

Il n'ajoute pas que l'apaisement sera également pour lui. Elles approuvent d'un bref hochement de tête.

– ... Toi, continue-t-il sèchement en se tournant vers Lucas, toi tu vas reporter ce sac jusqu'à la Malnoue... Tu l'as amené, tu le ramèneras et tu le jetteras dans le marais... le plus loin possible...

– J'irai aussi, dit alors Jeanne.

Le gars se défend d'une voix éteinte :

– Je ne veux plus y retourner... je ne pourrai pas y aller...

Jeanne va à lui, le regarde bien en face et lui crache en plein visage.

– Je n'ai pas besoin d'être aidée par un couard, dit-elle ensuite.

~

Depuis la Noue, la Malvenue pousse avec peine la brouette et sa charge de pierres brisées. Elle pense avec mépris à la lâcheté de Lucas, à la couardise des deux femmes. Elle pense à cet Antoine aux colères inutiles, et elle se sent seule, très seule. Aussi la joie fuse-t-elle doublement de son cœur lorsqu'à un détour du chemin elle aperçoit Blaise. Il la cherchait et l'appelle aussitôt. Mais elle fait comme si elle ne l'entendait ni ne le voyait. Elle en ressent encore plus de plaisir.

Il est bientôt là.

– Où vas-tu? demande-t-il d'une voix heureuse.

Elle ne répond pas. Alors il l'arrête et l'oblige à lui laisser la brouette qu'il pousse plus alertement. Jeanne le suit. Ses yeux ont pris une teinte pourpre. Ils sont rivés au grand corps souple de Blaise, à sa marche légère. Le gars est beau à voir ainsi, allant d'un pas qui œuvre en douceur bien qu'il soit tout en force. La fille sait qu'il fera ce qu'elle lui demandera, n'importe quoi, en bien ou en mal. Et c'est cela qui tourne en elle. Sur ses pupilles étrangement animées, le démon du mal plaque ses ailes de flamme rouge. L'étoilure de son front a le même reflet.

Soudain Blaise sent la force du regard d'enfer. La nuque comme brûlée par une braise, il tourne brusquement la tête. Il est attiré tout de suite par les yeux de la fille. Il ne voit qu'eux et leur flamme. Cette lueur, il l'a déjà aperçue la veille. Il la redoute. Encore une fois, Jeanne se prépare à lui briser le cœur. Il ralentit sa marche. Pourquoi, depuis quelques jours, agit-elle ainsi avec lui? Alors qu'autrefois!... A cette pensée il soupire haut et fort.

– T'es pas content? dit la Malvenue d'une voix hargneuse, si t'es pas content tu peux t'en aller.

Il s'arrête, laisse tomber la brouette qui rend un son creux.

– Tu me peines, Jeanne, tu sais bien que je t'aiderais même pour le pire.

Ce dernier mot lui rappelle ce que la fille lui a demandé la veille. Il retrouve un peu d'assurance.

– ... A propos, laisse-moi te dire qu'hier tu m'as bien fait rire en me demandant de mettre le feu chez nous...

Elle se rapproche de lui et parle en le regardant toujours fixement. Il sent son haleine douce.

– Tu n'en as parlé à personne de chez toi... dis?

– ... Sûr que non... ils n'auraient pas compris la plaisanterie.

Jeanne le saisit par les poignets.

– Ce n'est pas une plaisanterie... et t'as bien fait de ne pas en parler... faudrait pas qu'ils se doutent... que toi... le fils...

– Tu continues à te moquer...

– Regarde donc si je me moque, dit-elle sourdement, regarde-moi...

Un pli de méchanceté abaisse ses lèvres. Blaise comprend alors qu'elle dit comme elle pense et qu'elle veut ce qu'elle lui demande. Elle parle et ce n'est pas sa voix. Le démon la tient en son pouvoir. Il parle par sa bouche. Les mots s'arrachent de sa gorge et viennent sans qu'elle puisse les retenir. Mais comment Blaise le saurait-il ?

– ... A présent on ne peut pas m'avoir autrement... Si tu me prends pour toi, tu devras me payer... M'acheter avec des flammes...

Blaise voudrait ne pas avoir entendu, mais, en frôlant le corps de Jeanne, qui se fait plus désirable que jamais, il commence inconsciemment à admettre l'idée du geste criminel. L'haleine nouvelle de la fille est comme un parfum rare. Elle le grise.

– Eh bien... dit-elle, décide !

Elle s'écarte de lui. Il craint soudain de la perdre et de ne pouvoir la reprendre.

– Eh bien ?... répète-t-elle.

Il acquiesce de la tête, tout de suite accablé par le poids du remords avant même d'avoir fait le mal.

Alors les ailes pourpres se replient et quittent les yeux de la Malvenue. A nouveau des paillettes y scintillent comme des étoiles sur le fond de la nuit. La fille secoue ses longs cheveux. Elle paraît revenir d'une course lointaine. Elle regarde le gars qui reste sans geste.

– Avance donc, dit-elle d'une voix rieuse... Pourquoi t'attends comme ça ?...

~

Ils sont près du mur de joncs engraissés d'eau. Jeanne suit Blaise qui a pris le sac à pleins bras et qui repense aux monstrueuses exigences de la fille. Le visage hâlé de la Malvenue s'est plaqué de grandes traînées couleur de cendre comme si, par endroits, la vie se retirait. C'est qu'elle se revoit là, la veille, les jambes dans cette vase silencieuse et vorace.

– Ne t'approche pas trop, murmure-t-elle, inquiète.

– ... Faudrait être bête pour se laisser prendre là-dedans, raille-t-il d'une voix qui, elle-même, peine à se dégager d'un autre marécage : cette promesse criminelle qu'il vient de faire avec l'intention de l'accomplir... Un gamin de quatre ans, je ne dis pas... mais toi ou moi!...

Jeanne se tait. Elle revoit les apparitions. Puis elle les chasse en se les expliquant avec une lueur de bon sens : ce lièvre décharné et cette femme sur l'eau n'ont pu être que des hallucinations, dues à l'alcool bu aux Rudesses. Aussi la couleur brune de la vie revient-elle sur ses joues.

Ils arrivent contre la partie la moins épaisse de la ceinture de roseaux. L'eau de la Malnoue n'est pas loin derrière. La fille dit à Blaise de vider le sac par terre. Il le fait, et ramasse ensuite un des cailloux. Il le passe d'une main dans l'autre, le retourne, le regarde, le soupèse et le cogne contre son sabot qui résonne.

– Drôle de pierre, remarque-t-il enfin.

– Fais comme moi... lui dit vivement la Malvenue.

Elle prend un éclat de la statue et, d'une large détente du bras, l'envoie en plein milieu de la Malnoue. Il quitte la main presque de lui-même. Une légère écume se dépose sur l'eau calme qui se plisse d'anneaux onduleux, souples telle une échine de couleuvre. Blaise en fait autant. Il lance avec sa force d'homme, plus brutale. Mais sa pierre va à peine plus loin que celle lancée par la fille. L'un après l'autre, ils frappent l'eau et, à mesure qu'ils jettent, la surface écume en gros bouillons qui montent du fond pourri et éclatent avec des puanteurs fétides. Bientôt les anneaux liquides se font vagues. On dirait que la Malnoue est soudain un immense chaudron bouillant sur une des bouches de l'enfer. Blaise et Jeanne crient pour s'encourager à qui ira le plus loin. Ils mettent une telle ardeur à jeter les cailloux qu'ils ne prennent pas conscience de cette chose étrange. Ils jouent et ne remarquent pas que ces vagues montent et se répandent sur la terre, à leurs pieds. Non, ils ne le voient pas. Le jeu les prend trop. Ils voient seulement qu'il reste encore quatre morceaux à lancer : deux pour chacun. Blaise en lance un... Jeanne un autre... Blaise jette le dernier qui a un vol courbe... Le voilà disparu. Le gars respire fort et rit. Jeanne aussi rit du même rire. Les jambes bien plantées sur le sol, elle s'apprête à jeter le dernier de tous, mais son rire s'arrête net. Dans sa main, la pierre vient de remuer. Ses doigts se desserrent d'eux-mêmes. Il semble que le caillou soubresaute. C'est cela, il palpite. La fille crie autant de griserie que de peur.

– Blaise, je tiens un cœur vivant!...

Le gars gonfle son rire.

– Alors, jette vite ce cœur de pierre avant qu'il ne saigne sur ta robe... il pourrait la tacher...

Le rire et les paroles de l'autre la fouettent. Aussi jette-t-elle avec la force du dépit. Ils suivent la courbe de la pierre et ils voient monter une énorme gerbe d'eau plus écumeuse que les précédentes, effrayante et aussi grosse qu'un tronc de chêne trois fois centenaire. La fille saisit brusquement le bras du gars. Ils prennent enfin conscience de la tourmente qui agite les eaux de la Malnoue maudite. A n'en pas douter ils viennent de la provoquer.

Un vent souffle des tourbillons. Il hurle comme une bête enragée. Il aspire et laisse retomber en cascade l'eau gonflée de reflets noirâtres. L'écume mousse à grosses bulles. Les joncs sont arrachés par cet étrange coup de rage. La Malvenue s'agrippe aux vêtements de Blaise. Ils reculent avec peine. A chaque pas, le vent élargit sa course. On dirait qu'il cherche à les précipiter dans l'eau folle. Jeanne croche la chemise du gars. Ses ongles griffent sa peau. L'étoffe cède. Elle le prend à bras-le-corps. Son visage s'écrase à même sa poitrine d'homme. La peau du gars sent chaud. Elle y presse ses lèvres. Blaise lutte pour eux deux. Il ne voit pas qu'à présent, pour Jeanne, rien d'autre n'existe que lui. Il sent seulement sur sa poitrine une fine brûlure qui va s'élargissant.

Soudain, une lueur traverse le ciel. Il lève brusquement la tête. Une grande ombre s'est dépliée. Elle envahit le jour. Un grondement suit la lueur. L'orage est là, entier, portant toutes les braises errant dans le ciel. Blaise secoue Jeanne. Afin de fuir, il la repousse avec toute sa pleine force. Enfin, la fille lui montre son visage : ses yeux dans lesquels tournent des cendres pailletées d'or et de moire, à la fois lourdes et incisives. Il voit ses lèvres qui se tendent en désir. Un nouvel éclair l'inonde de feu mouillé et le courbe vers la Malvenue. Il fond ses lèvres sur les siennes en même temps que s'écroule la montagne de bruits renversés par la foudre.

Le vent cesse. Aussitôt de grosses gouttes tièdes rayent le ciel au ventre malade. Elles tombent d'une course droite. Elles sont lourdes et éclatent sur le sol assoiffé. Elles se roulent dans la poussière d'août. Bientôt elles sont versées à pleines citernes. C'est un peu comme si l'eau brassée de la Malnoue retombait en pluie. Elles criblent la chaleur moite qui erre entre les nuages de colère et la terre qu'elles commencent à raviner.

Les premières gouttes se prennent dans les cheveux de Jeanne et de Blaise serrés l'un contre l'autre. Le gars s'efforce de protéger Jeanne en l'enveloppant de ses grands bras, mais il ne défait pas ses lèvres des lèvres de la fille. Les grandes flammes d'en-haut grésillent à l'échelle du Bon Dieu, ou du diable (allez voir qui menace ainsi !...) Bientôt la pluie s'épaissit, elle meurtrit. Hargneuse, elle frappe ce couple qui reste là, sous ses giflées. Blaise résiste mais, dans ses bras, Jeanne chancelle de plaisir. Le gars la soulève et la porte à l'abri des bois. Les longs cheveux de la Malvenue sont plaqués par l'eau qui, aussi, blanchit la peau de son visage. L'étoffe est collée sur ses formes qui sont comme nues. Il la serre avec force contre sa poitrine. Dans sa bouche reste le goût sauvage et parfumé des lèvres de Jeanne. Il la savoure comme s'il n'avait eu à boire qu'une seule gorgée d'un vin merveilleux et rare. Elle a mis son front contre son cou. A présent, Blaise porte Jeanne juste comme il voulait porter ce gibier qui jusqu'ici lui a échappé et qui, maintenant, vient de se jeter dans le piège de ses bras. Une fine vapeur blanche monte de la terre. Par moments, le soleil cherche à percer entre les nuages sombres et gras qui poissent le ciel. Le bruit de l'eau hachant le sol est assourdissant.

Et Jeanne pèse soudain. Elle est lourde comme une longue roche. Blaise ne peut plus la porter. Alors il la dépose dans la boue qui tressaille partout sur la terre. Jeanne tire Blaise à elle. Il s'allonge à côté d'elle, sous la pluie, dans la boue.

Blaise veut le corps de Jeanne. Il tire l'étoffe collée à la peau. La fille s'allège pour l'aider. Il pleut, pleut... Blaise s'impatiente. Il a un geste plus brusque. Tout vient d'un coup. L'eau du ciel ruisselle, ruisselle... Jeanne est nue, luisante de pluie. Elle dresse les bras et les referme sur Blaise. Leur peau glisse l'une sur l'autre. Blaise la serre, la serre... et soudain elle a un brusque cri. Pour ces deux-là, pluie et boue disparaissent soudain.

~

A nouveau le ciel montre son champ bleu dans lequel continue à rouler le grand tournesol d'or du soleil. L'orage a disparu aussi vite qu'il est arrivé. L'été ne sait pas contrôler ses humeurs. L'herbe est couchée. La terre a été pénétrée. Des corps sont marqués. Les vêtements ont séché.

Avant d'arriver à la Noue, Jeanne pousse Blaise vers les Langlois. Le gars ne veut plus la quitter. Elle a peine à lui faire comprendre que personne ne doit les voir ensemble. Il part enfin avec, au fond du cœur, un regret amer.

– Tu verras, dit-il en la quittant... tu verras, je tiendrai promesse et je t'aurai encore à moi... Le ton de sa voix est résolu, mais un voile de tristesse cache le feu de son désir. Jeanne rit « Promesses? quelles promesses... » Quand il s'agit de conserver leur bien, les hommes sont tellement prometteurs qu'ils promettent sans savoir ce qu'ils promettent. Elle rit parce qu'elle a oublié ce qu'elle a par deux fois demandé au gars. Elle ne subit plus la mauvaise influence. Le pouvoir maléfique semble l'avoir quittée à mesure que les pierres disparaissaient dans l'eau de la Malnoue et, avec elles, leur rançon de mal.

Maintenant, en entrant dans la cour de la Noue, elle ne pense plus qu'à cette joie nouvelle courant encore dans son corps révélé au plaisir. Il faut que la Galiotte l'appelle pour qu'elle revienne à la réalité.

– Eh! petite... où t'étais donc?... Je vois que tu es toute défaite... Tu as dû prendre l'averse...

Saisie par la crainte d'être devinée, la Malvenue baisse la tête et ne répond pas.

– Sais-tu où la foudre est tombée?... continue la vieille sans paraître remarquer la gêne de la fille... eh bien, juste dans ta chambre, en passant par la fenêtre... Le coup est allé jusqu'à ton lit et il est reparti sans rien faire de mal... Je n'avais jamais encore vu ça, pourtant à mon âge on en a vu des malices d'orages... Ah! oui, je pense, faudra que tu ailles au bourg avant ce soir... tu diras à Guillon...

Mais Jeanne n'écoute plus. Elle court à sa chambre et s'y enferme. Elle vient de se souvenir subitement qu'elle a oublié d'emporter et de jeter la pierre qui est là. Prise d'une haine pour ce morceau de statue qui devrait se trouver au fond de la Malnoue, elle glisse sa main sous le matelas et étouffe un cri de douleur. La pierre a dû être touchée par la foudre. Sous le coutil intact, elle est brûlante comme une grosse braise.

~

Autour de la vieille église, tournées vers la rivière toujours éveillée, les tombes sont serrées les unes contre les autres. Quelques-unes sont soudées ensemble par l'herbe et les buis fous. Sans le fossoyeur qui entretient le cimetière, les allées seraient vite mangées par cette végétation gloutonne qui se nourrit de la chair des morts. L'enclos, fait d'un solide mur roux taché de plaques vertes, retient une senteur de bois vermoulu, de sèves riches et d'herbes brûlées. La grande porte de chêne, celle qui regarde vers le porche de l'église, peine d'un de ses battants qui geint. L'autre est immobile depuis longtemps. Ses gonds sont enflés de rouille. Ni les fortes poussées des hommes ni la caresse de l'huile ne pourront la faire revivre. Rien n'y peut, c'est l'un des pires maux dont souffre le fer qui, aussi, a ses maux. Jeanne pousse le panneau encore vivant et, d'une enjambée, pénètre, comme invitée par son crissement. D'entre les morts naissent des coups sourds et lourds. L'orage a balayé l'allée. Il fait doux. Jeanne n'est jamais venue là, mais aujourd'hui ses pas l'ont conduite de force vers la porte infirme. La Galiotte l'a seulement envoyée au bourg dire à Guillon, le boucher, que le veau était à point. C'est tout. Et voilà qu'elle se trouve dans ce cimetière qui, d'habitude, la laisse indifférente.

Les coups se suivent avec des temps d'arrêt égaux. Elle regarde vers eux. Là-bas montent et descendent une tête et un dos. Des pelletées de terre sableuse sautent sur le talus qu'elles enflent. Elles s'éparpillent, roulent comme du grain qu'on entasse. La fille s'approche. Elle entend le souffle haché de l'homme. La fosse est déjà profonde. Le fossoyeur ne l'a pas entendue venir. La poussière de terre retombe sur la sueur qui coule le long de son cou, et y croûte des saletés. Jeanne appelle l'homme. Il sursaute et se redresse. Il est vieux. Son visage est cramoisi par l'effort. « Ah ! » fait-il seulement, en se détendant. Ensuite il demande :

– Que veux-tu, la fille ?

Un moment avant, elle n'aurait pas su dire. A présent elle est impatiente.

– Où se trouve le coin où on a mis Moarc'h, de la Noue... C'était mon père...

Le fossoyeur n'a pas besoin de réfléchir. La mort de ce Breton a assez fait tache pour qu'il s'en souvienne sans peine. Et puis, il connaît bien son monde. Pour lui un nom évoque soit la sérénité soit une figure vidée par la fièvre, ou bien encore les traits crispés de celui parti dans la douleur d'un mal violent. Il dévisage la fille.

– T'es donc la Malvenue, dit-il enfin... Tiens, va là, sur ta gauche, compte jusqu'à la neuvième tombe... C'est celle-là...

Puis il crache dans ses mains qu'il met en creux afin de mieux prendre sa maigre salive. Il réveille à nouveau le silence et continue à violer la terre où sera jetée une inutile graine d'homme seulement capable de faire pousser quelques fleurs. Jeanne compte les buttes herbeuses. La neuvième tombe est bien celle de son père. On l'a recouverte d'une longue dalle. La mousse a gonflé l'inscription. Elle a mis en relief les signes que le ciseau a creusés dans la pierre. La Malvenue regarde d'abord les dates : 1857-1897, puis la croix en bois de chêne, penchée à tomber. L'humidité a déformé le bois. Le vent et le temps l'ont eue belle aussi. L'un l'a remuée et raclée contre la tranche de pierre. L'autre l'a, peu à peu, écorchée au point qu'on lui voit les nerfs. Le regard de la fille se porte à nouveau sur la dalle. Elle est plus enfoncée au pied. Vers la tête, près de la croix, il lui semble qu'on a essayé de la soulever, et il n'y a pas longtemps. A cet endroit, l'herbe est couchée. Malgré elle, Jeanne se penche. Une force la tient à la nuque et lui dirige la tête vers les contours de la dalle. Alors elle voit qu'un des angles vient d'être ébréché. La tranche neuve, blanche comme du lait, brille sur la couleur sombre et visqueuse de la pierre. Le morceau enlevé a la grosseur du poing. Jeanne le cherche aussitôt, vainement. Elle sait qu'il faut retrouver ce bout de pierre. Une sensation d'insécurité l'oppresse. Elle se recule et court à l'homme qui prépare le lit éternel. Elle lui touche l'épaule. A nouveau il a un petit sursaut et cesse son travail.

– Tu n'as pas trouvé? dit-il.

Il voit tout de suite que la fille a peur.

– ... Toi... tu as vu un revenant, pas vrai? se moque-t-il, en retrouvant malgré lui son rire qu'il croyait depuis longtemps mort et enterré.

– Venez.... venez, supplie Jeanne.

Il sort avec peine de son trou. On dirait qu'enfin celui-ci lui convient et qu'il ne veut plus le quitter afin d'avoir moins de chemin à faire. La fille marche vite. Il la rejoint lentement. D'un geste impatient, elle lui montre la dalle ébréchée. Il se penche près, pour bien voir. Sa main épaisse aux doigts sourds, restés repliés à force de tenir des manches, court maladroitement sur la cassure. Lui aussi a un regard vers le sol pour retrouver le morceau qui manque. Il tourne la tête vers Jeanne et se relève.

– Ce matin dit-il, j'ai replanté cette croix... l'orage a tellement soufflé dessus qu'elle a volé au loin, même que c'est bien la première fois que je vois une croix aller se promener jusqu'à l'autre bout de l'enclos...

La Malvenue se moque bien de la croix. Ce qui l'a poussée à aller trouver l'homme c'est cette dalle soulevée, et sa cassure. Le fossoyeur parle et ce qu'il dit précise en elle une pensée jusqu'ici confuse.

– ... On dirait... que quelqu'un a cherché à la soulever et qu'un morceau lui est resté dans la main... C'est peut-être ça que tu penses, gamine?

Jeanne ne répond pas. Elle croit comprendre pourquoi elle est venue là, malgré elle. Il fallait donc qu'elle voie cette cassure. Sans elle, jamais ses pieds ne se seraient dirigés vers cet autre monde. Mais ce qui l'angoisse le plus c'est d'avoir subi cette force qui l'a poussée à regarder. Le fossoyeur passe sa main sur ses joues hérissées d'un poil roux et dru comme un chaume. Enfin il s'apprête à retourner travailler pour le compte des morts qui, bien que sans vie, continuent à exiger le labeur des autres. Un vague sourire erre sur son visage, fripé comme une mauvaise étoffe. Il marmonne... Jeanne peut l'entendre. Il essaye de se moquer.

– ... Faut croire qu'il y a par là une âme qui n'a pas son compte de bonnes actions pour mériter le

Paradis... Elle a peut-être bien cherché à sortir de son trou...

Et son rire râle sec.

Jeanne a fermé les yeux. Ses doigts serrent sa gorge. Le vieux ne voit pas qu'elle enfonce ses ongles dans sa peau. Il la croit triste alors qu'elle est angoissée.

– Allons, petite, va, ne sois pas chagrine, ne cherche pas à comprendre ce qu'un vieux compagnon des morts comme moi ne comprend pas toujours...

– Mais on a voulu... commence-t-elle.

– Laisse ça petite, tu ne sauras jamais rien. Avec les défunts on ne sait jamais rien... Qui te dit que celui-là, qui a été ton père, n'a pas essayé d'aller se dégourdir les jambes cette nuit!... On en voit et on en comprend des choses quand on vit dans un cimetière... Y a belle lurette que je ne m'inquiète plus... Les morts peuvent faire ce qu'ils veulent, ici, ils sont chez eux...

Et une fois encore il râpe le silence avec son rire qui lui fait du bien.

Jeanne quitte le champ des morts gardé par ce vieux creuseur de tombes à moitié squelette et à la nargue si facile. Elle ne se sent soulagée que lorsqu'elle est sur le raccourci de la Noue.

~

La nuit est fraîche. Un vent mouillé vient de Berry. Il fait traîne à l'orage du matin et porte quelques flocons de nuages blanchis par la lune. On dirait qu'il vient de dérober une tonte de mouton et la disperse. Il gémit en heurtant les pentes de Sologne. Le bois de la Croule lui carde le ventre. Jeanne n'arrive pas à s'endormir. Le vent grondeur l'empêche de prendre le sommeil. Elle se tourne contre le mur. Peut-être en se couvrant les oreilles pourra-t-elle dormir. Elle force la nuit à se mettre dans sa tête. Mais la querelle qui a dressé Antoine contre Lucas, à l'heure du souper, alors qu'elle arrivait juste du cimetière, revient sans cesse dans ses pensées.

Toute la journée, Antoine a traîné sa rancœur. Il n'a pu oublier les paroles aigres de Lucas s'apprêtant à accuser la fille. Plus que la bravade d'avoir ramené ce sac à la Noue, elles restaient dans sa tête et y grossissaient à la façon de ces plantes que l'on fait pousser dans une bouteille au goulot étroit. Il arrive un moment où les racines s'écartent comme un poing qui s'ouvre et font éclater le verre. De même, les mots du gars sont entrés en lui, d'abord inoffensifs. Mais, à la longue, à force d'être secoués par des pensées haineuses, de mauvaises racines ont poussé à ces mots qui, brusquement, ont fait éclater la tête d'Antoine. – « Après ce que t'as raconté sur la Jeanne, faut que tu partes... » a dit Antoine. – « C'est pas ta fille... » a répondu Lucas. Alors Antoine l'a giflé de sa pleine paume, à croire que Jeanne était vraiment sa fille. Cette fois, Lucas s'est défendu. Tout de suite, il s'est jeté sur lui. Ils se sont battus pour vrai, à grands coups de poing et de pied. La Galiotte et Grattebois ont eu peine à les séparer. Jeanne n'a rien dit. Elle s'est seulement déplacée afin de mieux voir ces deux-là qui se battaient pour elle. Il fallait les laisser faire. Son plaisir durerait d'autant. Elle s'est sentie fière et même heureuse. Finalement, Lucas a quitté la Noue humilié mais menaçant. Il a jeté un vilain regard à Jeanne mais il n'a rien dit. Tout s'est donc passé pour le mieux. Les autres ont longtemps parlé de la lutte de ces deux-là. Antoine se tenait silencieux à un coin de la table. Par moments il regardait Jeanne et semblait se détendre. Elle s'est couchée tôt, le corps brisé par cette journée où l'amour et la peur l'ont tour à tour enlacée.

Et voilà qu'elle se remet à frissonner comme si les doigts de Blaise frôlaient sa peau. Enfin, elle s'assoupit. Au bout d'un moment elle soupire et s'éveille. Elle a l'impression d'avoir dormi des heures. Le vent s'est tu. Soudain, au loin, les chiens d'Angillon aboient avec rage, comme pris de folie furieuse. Jeanne pense qu'ils doivent tous s'y mettre pour faire un tel bruit. Elle voudrait savoir l'heure. Le jour ne doit pas être loin. Elle a hâte de quitter ce lit inutile.

Tiens! voilà des aboiements plus proches. Ils viennent du bas des pentes. Ce sont ceux des trois chiens de la Maladrerie. Ils répondent à leurs frères du bourg. La nuit est déchirée par leurs cris féroces, qui, à un moment, paraissent s'éteindre mais reprennent sur un ton lugubre et se changent en hurlements à la mort. Jeanne n'a jamais aimé les chiens. Elle maudit les fermiers de la Maladrerie d'avoir des bêtes aussi hargneuses. Enfin, les hurlements se font plaintes, puis cessent. A nouveau, c'est le silence de la nuit.

Ce silence besogne les pensées de Jeanne. Sans savoir pourquoi, voilà qu'elle s'imagine être en ce moment à la Maladrerie et qu'elle doit vite revenir à la Noue. Et ainsi, par jeu, elle se prend à calculer des pas : ceux qu'il lui faudrait faire. Et ses jambes se tendent tout comme si elle marchait sur le raccourci. Pourquoi sur cette sente et non sur la route? Elle ne cherche pas à savoir.

Bientôt, elle a parcouru deux cents pas. Elle devrait se trouver au-dessus de la Maladrerie, à l'endroit où la sente monte plus raide pour passer l'étroite colline qui se trouve là. Elle marche encore. Deux, trois cents pas... Prises de fatigue, ses jambes peinent. C'est long et pénible mais elle ne peut plus s'arrêter de compter. Elle est comme poussée par ce nouveau silence. Enfin, ses muscles cessent l'effort et marquent un temps d'arrêt. Si elle a calculé juste, elle n'est pas loin de la cabane de Boucheron. Là aussi se trouve un chien. Elle se fait petite dans son lit et, anxieuse, tend l'oreille. Et voilà que le roquet du journalier lance ses aboiements courts et rageurs. Lui aussi a été contraint de hurler, tout comme ceux d'Angillon et les trois de la Maladrerie. La nuit, les chiens n'aboient pas pour rien. De même qu'ils ne hurlent pas à la mort sans raison. Jeanne écoute, elle voudrait que le jour arrive tout de suite pour chasser cette nuit tenace, collante comme de la glu. Le roquet de Boucheron hurle à la mort.

Jeanne cherche à ne penser à rien, mais ses jambes se remettent à tirer ses muscles chauds et la marche se remet dans sa tête avec les battements d'un cœur qui n'est pas le sien. Le roquet s'est tu. A présent, Jeanne devrait fouler les terres de la Noue. Une moiteur se répand sur son corps. Là, il n'y a plus de chien. Elle étouffe d'angoisse. Elle compte toujours. Maintenant, celui qui aurait marché comme elle marche devrait se trouver en vue des bâtiments de la ferme. Elle sait que rien ne l'a arrêté, et que, sans doute, rien n'aurait pu y parvenir. Elle sait qu'il avance vite et qu'il ne va pas tarder à arriver. Elle n'ose rejeter cette couverture de laine épaisse et mal dégraissée qui l'empêche de respirer. Elle craint de rester nue, sans défense sur son lit.

Elle imagine une ombre imprécise traversant la cour et poussant la porte de la salle, cette porte jamais close. Alors elle tire la couverture par-dessus sa tête. Elle serre ses paupières sur ses yeux, au point d'y faire courir des lueurs rouges. Maintenant, ça y est, il doit être là.

Répondant à cette pensée, la porte de la salle répand un bruit aigre. On la pousse. Elle grince. Un feutrement comme Jeanne n'en a jamais entendu frôle le carrelage. Des pas légers touchent à peine le sol. Une course d'enfant ferait plus de bruit. Le frôlement vient vers la porte de sa chambre. Il est trop tard pour mettre le verrou. Jeanne souffre de male peur. Sa respiration s'écourte et se visse. Contre son gré, ses paupières se lèvent. Elle voit la lumière blafarde que la lune traîne jusqu'à son lit. Elle n'entend plus rien et va pouvoir reprendre son souffle, mais la porte s'ouvre lentement et, comme l'autre, grince. La fille retient un cri. Ses ongles griffent ses cuisses, entrent dans la chair. La douleur n'arrache pas son angoisse.

Le frôlement reprend puis hésite. Il revient vers le lit et, aussitôt, s'en éloigne. Jeanne cherche à distinguer une forme humaine mais elle ne voit personne. Alors elle pense qu'un bruit de pas aussi doux ne saurait être produit par un vivant. Sa peur se fait rauque et lui crible la poitrine. Parfois les âmes en peine viennent implorer l'aide des vivants. Mais quel défunt pourrait avoir besoin de son aide à elle, la Jeanne Moarc'h? Quel revenant aurait à lui faire reproche à elle qui est encore une enfant et qui n'a jamais médit sur les morts?

Le frôlement va et vient dans la chambre. Enfin il se dirige vers l'angle de la pièce près de la commode de chêne ornée de soleils en cuivre. Là se trouve une chaise légère. La chaise craque. Un poids l'écrase longuement. Jeanne ne distingue toujours rien. Le silence revient, puis c'est un soupir, puis d'autres, suivis de profonds souffles, tristes comme des lamentations.

Elle ne sait pas combien de temps elle reste ainsi, les nerfs tendus. Elle va perdre conscience lorsque la chaise craque à nouveau. Brusquement, la fenêtre se referme avec un bruit sec. Jeanne s'en trouve comme fendue en deux. Les pas morts viennent droit sur elle. Elle se repousse au plus loin du lit. Elle s'écrase contre le mur. Elle voudrait faire corps avec, disparaître. A présent, hurler sa peur lui serait impossible. Au plus fort de sa frayeur, il lui semble que celui qu'elle ne voit pas soulève le lit. Un choc résonne sur le carrelage... Tout de suite après, la porte de sa chambre claque, et aussitôt, en écho, claque celle de la salle. Jeanne est prise par l'envie de fuir mais elle ne réussit qu'à se redresser à moitié. Elle veut voir ce qui vient de rouler au sol, mais elle est ligotée par ses propres muscles.

Le roquet de Boucheron se remet à aboyer. Alors, déliée, Jeanne regarde le carrelage éclairé par la lune. Un morceau de pierre se trouve là. L'image de la dalle, sous laquelle repose son père, s'impose à ses yeux. Si cette pierre était celle qui manque sur la tombe? Elle veut savoir. Cette fois sa peur ne parvient pas à l'en empêcher. Elle glisse du lit, tend la main vers la pierre, la prend et la serre. Alors elle s'aperçoit qu'elle tient le morceau de la statue, le dernier des morceaux qu'elle aurait dû jeter le matin même dans la Malnoue. Il est tombé de son lit. Elle se serait donc méprise!... Elle va à la porte. Celle-ci est bien fermée. Elle va aussi à la fenêtre. En la voyant close, elle a un petit serrement de cœur puis pense que c'est sans doute le vent. Elle ouvre. L'action estompe son angoisse, et en touchant la vitre fraîche elle se persuade une nouvelle fois qu'elle a eu un cauchemar. Mais à cet instant, par-dessus les pentes, montent les hurlements des trois chiens de la Maladrerie. Sans lâcher la pierre elle enfile jupe et corsage, sort comme une folle. Là-bas la margelle du puits brille comme une couronne de mai. Jeanne va se débarrasser de la pierre en l'y jetant. Là, l'eau est profonde. Elle y court. Au loin, les chiens de la Maladrerie hurlent en s'encourageant l'un l'autre comme si celui qui les effrayait s'était arrêté et attendait. Jeanne arrive au puits, mais la force qui est dans la pierre retient son geste. La fille se retourne et regarde vers le chemin de la Croule. La pierre semble s'alléger dans sa main. Jeanne est bientôt sur le chemin. Une torpeur commence à l'envelopper. Elle comprend qu'elle obéit, mais elle ne veut plus obéir. Elle s'arrête et jette le morceau de statue dans un creux d'ornière. Demain, après le passage des charrois, le caillou d'enfer ne sera plus que poussière.

Son fardeau de mal aussitôt lâché, elle entend, hachant la nuit, les aboiements secs du roquet de Boucheron. Elle sait ainsi que l'autre revient, qu'il revient plus vite qu'il n'est reparti. La vision de la dalle ébréchée, à moitié soulevée, s'impose à elle. La voilà l'imaginant dressée toute droite sur la fosse vide. C'est cela, son père doit être damné. C'est lui qui est venu et qui revient à nouveau. Il doit avoir des ailes, les grandes ailes noires qui aident les morts à aller partout en silence.

Elle court s'enfermer dans sa chambre. Derrière le lit se trouve un espace vide et noir. Elle s'y blottit, face au mur. Agenouillée, courbée, on dirait qu'elle attend une punition. Elle tremble, ses dents crissent. « Il devrait être là » pense-t-elle, et elle se signe. Elle risque un regard vers la fenêtre fermée. A ce moment, un rapide scintillement s'en échappe et un bruit sec éclate dans la chambre. Il est mêlé à un choc sourd qui roule sur le sol. La pierre qu'elle a jetée dans l'ornière vient de tomber juste à l'endroit où elle l'a ramassée tout à l'heure. On l'a lancée de la cour. La vitre est brisée.

Alors un besoin d'agir détend la Malvenue. Elle se précipite dehors, mais rien de surnaturel n'attire son regard... que la marche lente de cet énorme crapaud d'étable, bien réel, balançant sur ses pattes tendues et arquées son corps gras et pustulé. On lui prête, alternativement, malédiction ou bénédiction. Selon les événements, il est nuisible ou nécessaire; on le veut ou on ne le veut plus; on le maudit ou on le souhaite. Jeanne l'a déjà vu cent fois sans penser à lui faire le moindre mal. Pourtant elle ramasse un bâton et l'écrase à grands coups. Tout en frappant elle crie de dégoût, mais à chaque coup sa propre peur s'efface.

Le bruit de la vitre brisée a réveillé ceux de la ferme. Ils sortent. L'étonnement les laisse d'abord sans voix. Puis Henriette parle, et la Galiotte et Antoine.

– Ben quoi, Jeanne, qu'est-ce qui t'arrive?

– Sur quoi tapes-tu?

– Alors, petite?... C'est toi qui as fait ce bruit?...

Elle ne répond pas. Elle frappe toujours la flaque de chair et de sang de l'ignoble et innocente bête. Antoine s'approche de la fille. Il lui prend le bras.

– Vous, laissez-moi... dit-elle, mauvaise.

Brusquement, la Galiotte a un cri de stupeur. Au loin, derrière la colline cachant les Langlois, monte l'immense lueur rouge d'un incendie. Les flammes s'étalent sur le fond de ciel déjà touché par le petit jour. Et soudain, comme lâchées par le feu, une, puis deux décharges de fusil raclent le silence embrasé. Jeanne jette son bâton et porte ses mains à sa bouche. Elle souffre comme si elle venait d'en être atteinte.

– Mon Dieu... gémit-elle, prise d'une brutale appréhension, mon Dieu... pourvu?...

VI

... Aussitôt le sorcier de Ménétréol parti, Moarc'h sent s'accroître fièvre et peur. Elles le tiennent toute la nuit en transes et en sueurs. Grâce au ciel, le lendemain matin, la Galiotte se lève de bonne heure et se met à parler toute seule dans la salle. Alors le Breton tire le feuillet magique de dessous son oreiller et l'avale dévotement. Une heure après il n'a plus ni fièvre ni peur. Il se lève et mange de bon appétit. Bientôt il ressent une forte envie de faire le tour de son bien et de le revoir en détail comme s'il avait failli le perdre à jamais.

Le voilà sur le chemin des Langlois. La campagne d'alentour est prise sous une lumière crue qui meurtrit l'œil. Le petit froid du matin se colle sur sa joue. Il lui semble redécouvrir l'odeur de terre. La rosée lui picote l'intérieur de la bouche et du nez. Partout l'herbe est grasse. Il sent la vie battre à pleines artères. Il pense d'abord se rendre au carré d'orge qui est la pointe extrême de ses terres, vers le vallon, mais une force le tire en arrière, vers le bois de la Croule. Il revient sur ses pas. Il est sur le chemin herbeux de la Malnoue. Il remonte la pente. Son pas se fait léger et souple. Il aperçoit la haie de noisetiers. Depuis la dernière fois qu'il est venu, les feuilles l'ont gonflée. Tout le long, des bouquets verts et jaunes d'herbes à verrues bouchent les trous d'un crépi neuf et maladroit. Le Breton a bientôt passé la haie. Un brouillard où perce le soleil marque le marais. Des reflets bleus et verts frappent les joncs et les herbes hautes. Ce trou d'eau morte est pour la terre une plaie vive où se nourrissent les moustiques, comme les plaies des bêtes engraissent les mouches. L'eau pourrie dégage une odeur à elle. Une odeur verdâtre, grasse et écœurante. Les regards de Moarc'h ne s'attardent pas à contempler cette terre perdue pour lui. La pente d'herbe à blé s'étend au-delà. Ses yeux brillent d'orgueil. Il va tout contre la masse verte. Elle lui arrive jusqu'aux genoux. Il hume longuement le frais qui monte de cette terre pour laquelle il a tant fait et vers laquelle vont tous ses espoirs.

Mais il se revoit dans son lit, malade de ce mal étrange. Aussitôt, sa confiance diminue. Il regarde à nouveau son blé. Il regarde surtout la partie prise sur le marais. Rien ne paraît anormal. Pourtant, il souffre d'un malaise qui va grandissant. L'image de l'homme de Ménétréol se pose sur le fond vert. Ses conseils viennent réveiller sa hantise : « – Tu retourneras ton champ pour retrouver cette pierre et lui remettre sa tête sur ses épaules. » Moarc'h se sent prêt à envoyer le sorcier au diable. Il se dit que, pour l'heure, le bonhomme a certainement réussi à charmer la tête. Elle pourra attendre encore deux mois, ça en fait bien cinq qu'elle est séparée de son corps. D'ailleurs, où est-il exactement ce corps de pierre? Il ne s'en souvient plus. Le soleil frappe en plein le bois de la Croule. Il semble renforcer le grand chœur des oiseaux qui se baignent dans sa lumière. Dans les oreilles du Breton, les paroles du sorcier s'éteignent. Elles perdent leur sens. Alors, à l'idée qu'il aurait pu mutiler ce champ-là, un rire nerveux force sa gorge et agite ses épaules.

Il va partout, et, tout en marchant, sifflote. Il passe des heures à reprendre sur la vie après avoir cru perdre sur elle. Et lorsqu'il rentre à la Noue, il ne s'arrête que devant le seuil de la salle, les jambes encore disposées à faire des lieues et des lieues.

Enfin, il pousse la porte et entre. Après l'air léger du dehors, l'habituelle odeur du lait lui paraît lourde. Des mouches font la ronde infatigable de leur sabbat. Elles cherchent à se poser sur son visage. Il essaye de les écraser à petites claques. Une grosse bleue va d'un mur à l'autre et s'y heurte lourdement. Son vol vibre comme du métal. Elle se pose sur un cube de fromage. D'un souffle de casquette, il la chasse. L'horloge marque dix heures. Dans une heure les autres seront de retour. Aussi, décidant de battre le fer des faux, il va les chercher dans la remise où elles sont pendues.

Il est sur le point de ressortir lorsqu'il entend

craquer le plancher du grenier. Anxieux il s'immobilise et écoute à s'en faire mal aux tympans. Il pense tout de suite à la tête et, malgré la protection lointaine de l'homme de Ménétréol, il prend un subit coup de peur en pleine nuque. Le bruit se précise. Il reconnaît des pas d'homme qui le décident à grimper là-haut. Avec hésitation il lève la trappe et se trouve devant Antoine.

Le dos plus voûté que d'habitude, le regard tendu, Antoine montre surprise et gêne. Moarc'h va à lui d'un jet et le saisit par le col, puis le secoue tel un vulgaire lapin.

– Qu'est-ce que tu fais là ? hurle-t-il. Je t'y prends, sale voleur... Comme ça, t'es pas aux champs... Tu profites que je ne sois pas là pour me dérober mon bien... Attends... Je vais t'en faire passer l'envie...

Antoine ne cherche pas à résister. L'étoffe de sa chemise finit par craquer. Il devrait se défendre. D'une poussée, il pourrait faire basculer le maître par la trappe. Ainsi, d'un seul coup, sa haine pourrait être assouvie. L'occasion ne se représentera peut-être jamais plus. Mais il ne réagit pas. Quelque chose paraît l'en empêcher.

Enfin, Moarc'h se calme et le lâche.

– J'avais pourtant bien défendu qu'on monte ici, continue-t-il d'un ton gêné, comme honteux de sa violence... Tu sais bien que je ne veux pas que tu t'occupes d'elle...

Antoine parle. Sa voix tremble comme si on le secouait encore :

– Eh bien, oui, dit-il... que vous le vouliez ou que

vous ne le vouliez pas, je m'occupe d'elle parce que s'il fallait qu'elle compte sur vous pour avoir sa part de vie, y a beau temps qu'elle serait morte de langueur... D'abord elle ne vous aime plus...

– Quoi? dit Moarc'h en fronçant les sourcils comme pour mieux comprendre, tu dis qu'elle ne m'aime plus?...

A ce moment, un bruit vient de derrière le pilier. Antoine serre les poings mais ne tourne pas la tête.

– Tiens, dit le Breton, surpris, qui est là, avec toi?...

Il fait un pas en avant. Antoine écarte les bras pour l'empêcher d'aller plus loin.

– Allons, dit-il d'un ton brusque, ne faites pas celui qui se moque... Vous savez bien qui est là... vous l'avez dit tout à l'heure...

De plus en plus étonné, Moarc'h s'arrête et jure.

– Au diable, celui qui est là... Ce que je ne veux plus, c'est qu'on monte ici... La Galiotte t'a sans doute dit d'aller jeter la tête d'antique dans le marais ou ailleurs... Faut pas croire que je ne sais pas tout ce qui se passe dans mon dos...

Et tapant du pied, il reprend sa colère :

– ... A quoi donc ça vous avancerait tous?... D'abord, je te répète, c'est mon bien et non le tien.

Comprenant la méprise du Breton, Antoine se détend et ne cherche pas à se défendre lorsque celui-ci le pousse vers l'échelle et le force à partir en lui disant.

– Le mieux pour toi, c'est de t'en aller, ta place n'est pas ici... Allons, va... garde tes forces pour demain... A l'aube, je veux qu'on commence à faire une avance de travail.

Lorsque Antoine est en bas, Moarc'h contourne le pilier en évitant de regarder la pierre. Alors, il aperçoit Henriette. Elle est agenouillée et sanglote en se cachant le visage entre les mains. Elle baisse la tête comme sous le coup d'une honte.

~

Le soleil vient de s'éteindre d'un coup, mais une clarté blanchâtre éclaire encore la chambre de Moarc'h. Le Breton ne peut préciser l'heure, ni même si c'est le jour ou la nuit. Il pourrait se trouver mille ans en arrière aussi bien qu'autant en avant. Il est enfoncé dans son lit, vaste, doux, comme fait d'un épais et moelleux brouillard. A côté de lui est une grande place vide, une place longue et large à n'en plus finir. Une place qui semble préparée pour quelqu'un qu'il sait attendre. Ce doit être cela car, par moments, ses regards vont vers la porte fermée. L'impatience fait trembler ses mains et son corps. Le désir fait briller ses yeux. La peur fait craquer son cœur. Il a de grands gestes lents et aisés. Il est tout habillé. Une pioche et une pelle se croisent au-dessus du lit comme sur une panoplie. Du sang coule de chaque côté de sa bouche. A chaque instant il l'essuie d'un revers de main. Le goût lui vient d'une liqueur. Il saigne et pourtant il ne souffre pas. Son corps ne pèse pas plus qu'un duvet d'oie. Son sang doit couler depuis longtemps et s'il se trouve si léger c'est parce qu'il n'a plus de sang. Et toujours, il regarde la porte. Et toujours le sang lui vient avec ce goût de liqueur. Enfin, la porte se met à grandir, à grandir outre mesure. Bientôt, il est obligé de lever la tête pour en mesurer la hauteur. Il sent qu'un sourire de joie tire ses lèvres. Il quitte son lit. La porte brille. Elle semble reposer sur le vide, mais lorsqu'il s'en approche, il voit qu'elle se tient sur une nappe d'eau. Il entre dans cette eau. Elle n'est pas profonde. Il ne sent rien d'autre qu'une froideur comme celle que le pied trouve au fond du lit. Il avance la main pour pousser la porte. Il voit alors que son bras s'allonge démesurément et que la porte recule toujours devant sa main. Il comprend qu'il doit marcher. Il marche. L'eau monte peu à peu de sa cheville à son mollet, du mollet au genou, du genou au ventre. Le sang lui sort par le nez et les oreilles. Il n'a plus de goût. L'eau monte encore de son ventre à sa poitrine, de sa poitrine à son cou. Là, elle s'arrête. Elle n'a pas un toucher d'eau mais de brouillard. D'un brouillard aussi doux que celui du lit. Moarc'h sait où il va, comme il sait aussi que rien n'arrêtera sa marche dans cette eau qui lui arrive juste à ras d'épaule. La surface se durcit, se fait tranchante. C'est de la glace. Elle se resserre et coupe comme une cordelette de mauvais chanvre. Et ça serre, ça serre de plus en plus. Il souffre et se met à sourire. Il sait qu'il faut sourire et c'est si facile. Il sait que d'autres que lui ont déjà connu cette sensation sur le billot du bourreau. Elle est agréable. Il la souhaite infinie. Passent des fleurs de nénuphars, jaunes, roses, arc-en-ciel. Au-dessus est une voûte de hauts roseaux. La porte avance vers lui. Ses yeux sont rivés à cette porte. Le tranchant qui entoure son cou se relâche. La porte se fait plus petite. Des berges gluantes de vase et d'herbes pourries surgissent de tous côtés. Son souffle se change en piques qui percent sa poitrine. Des rats et des reptiles glissent dans l'eau. Une grenouille appelle un crapaud. Une salamandre vient goûter le sang qui a séché dans le creux de ses oreilles. L'eau s'épaissit. Il a envie de quitter sa boue. Il essaye de se tirer hors d'elle. Pour s'aider, il ferme les yeux. A chaque effort, du noir se met dans sa tête. Chaque fois, ce noir brille comme une étincelle. Il voit qu'il se trouve sur le bord du marais de la Malnoue. Il frissonne d'une frayeur subite. La porte s'ouvre. Une masse blanche en sort et flotte sur la vase. Elle avance comme une barque poussée par un vent léger. C'est un long morceau de pierre. Moarc'h se tend pour le regarder. C'est une statue. C'est un corps de femme vêtu comme dans les temps anciens. C'est mou comme un cadavre. D'un coup de reins, il se dégage de la terre liquide et s'allonge à côté de la statue et s'apprête à embrasser sa bouche de pierre. Mais elle est sans tête. Un sang mort, épais, s'est caillé sur le cou sectionné. Et c'est comme si on le frappait au ventre d'un coup de pioche. Il s'agrippe à la statue et la serre contre lui pour faire passer cette douleur. Il éprouve aussitôt un soulagement. Il touche le ventre de pierre. Il est gros et palpite. Il vit. Puis brusquement, Moarc'h se trouve seul, debout, au milieu du carré à blé de la Malnoue, retourné comme par un gigantesque soc de charrue. Les tiges et les grains mûrissants sont mêlés à la terre. A ce moment, un bruit vient d'au loin, de la Noue. Il se rapproche vivement et résonne. Pierre et bois se choquent dans un rythme de danse désordonnée. Moarc'h s'adosse à une haie voisine. De là, il a sous les yeux le champ mort. Sur le chemin, une boule roule et rebondit : la tête de pierre qu'il a tranchée. Il souffre d'un nouveau coup de pioche dans le ventre. Il veut pénétrer dans la haie pour mieux se cacher. Mais celle-ci disparaît subitement. Il se trouve seul au milieu du carré à blé. La tête de pierre roule vers le bord du marais. Elle disparaît, puis elle sort des herbes et saute à hauteur d'homme. Il s'approche. Il peut voir que la statue s'est cachée là. Elle se tient droite sur ses jambes paralysées. Elle se tourne vers la tête et, à chaque saut, elle tend ses épaules raidies pour la recevoir. Il veut s'enfuir mais il va en avant vers le marais. Il avance avec des gestes raides, d'une rigidité de pierre qui lui prend chaque membre l'un après l'autre. Seuls ses yeux restent vivants, liés à cette tête de pierre qui veut vainement reprendre sa place de tête sur son corps de pierre. Bientôt, il est si près de la tête sautant qu'il en distingue les traits. Alors l'épouvante le gagne. A chaque élan, les traits de pierre forment tour à tour l'espoir, le dépit, la tristesse. Et jamais la tête ne parvient à reprendre sa place de tête. Et, à chaque fois, elle fait ce bruit de pierre contre bois. Moarc'h veut la prendre dans ses mains pour la remettre sur son cou, mais elle saute plus fort. Elle manque de retomber sur lui et l'écraser. Enfin, il réussit à la saisir, à la tenir fermement. Il la lève pour mettre fin à son tourment. Mais la statue a disparu. Il reste ainsi avec cette tête à présent inutile, dont les yeux répandent la haine féroce. Apparaît Antoine qui, de force, lui arrache la tête et la jette dans l'eau du marais. En se retournant pour fuir. Moarc'h se trouve face à la statue revenue trop tard. De surprise, il l'attrape à plein corps et la serre dans ses bras. Ses yeux cherchent partout Antoine. Il ouvre la bouche pour appeler la tête de pierre qui envoie des bulles en s'enfonçant dans la vase. Il ne peut parler. La statue est toute chaude. Son ventre s'est fait plus gros et plus mou. La tête de pierre arrive au fond du marais. Il entend le bruit qu'elle fait en le touchant. Un vol de corbeaux passe. Moarc'h se courbe et se colle aux formes du corps de pierre. Les corbeaux reviennent et restent un moment à tourner autour d'eux. Un cœur bat dans la statue. Le bruit de pierre contre bois recommence. Il est plus bref et plus sec. Il vient du ciel. Moarc'h regarde vers le ciel. Les corbeaux tournent autour d'une boule blanche qui descend. Ils lui font escorte. C'est la tête de pierre qui, elle aussi, vole. Elle arrive juste au-dessus de lui et chute droit. Il tente de faire un geste pour la chasser. Mais ses bras sont gourds. Elle descend toujours. Il s'allonge sur le sol et tend sa poitrine. La tête descend plus vite. Elle va l'atteindre. Il fait un effort désespéré pour l'éviter. Il peut à peine bouger. En tombant, elle frôle sa joue, son cou...

... Et Moarc'h se réveille. Il étouffe un cri. Sa chemise est trempée. Ses bras enlacent Henriette qui est recroquevillée contre lui. Ses mains tiennent le ventre de sa femme à pleins doigts. Il s'écarte d'elle. La secousse la tire du gros de son sommeil. Elle se retourne mais ne se réveille pas. A ce moment, quelque chose glisse sur la joue du Breton qui a une aspiration de peur. Avec la main, il touche. Il sent comme un duvet. Il continue à toucher. Une grappe de poussière est tombée du plafond sur son visage. Il se secoue et souffle de coin sur sa joue et son menton. Il regarde par le carré de la fenêtre. La nuit doit tirer sur sa fin. Elle est déjà blême. Il pense que le mieux serait de rester éveillé. Il se rapproche d'Henriette.

Soudain un bruit, semblable à celui de son cauchemar, ébranle le plafond. Une nouvelle grappe de poussière glisse entre les planches et tombe à côté de lui sur les draps. Il se redresse. Ce bruit, il le connaît trop bien. La sueur coule de son front où elle jaillit comme des larmes. Elle roule sur ses joues, colle au poil dru de sa poitrine. Elle sent fort la peur. Le bruit d'en haut se fait plus vif. C'est comme une danse de sabbat. Pierre contre bois, la tête demande son corps. Il n'a pas la force de crier. Il se bouche les oreilles et gémit. A côté de lui, sa femme dort, calme. La tête de pierre fait résonner tout le grenier. Il a peur qu'elle ne descende et ne le force à la conduire à la Malnoue. Il redoute qu'elle ne l'attire pour le noyer dans l'eau glauque du marais. A chaque coup, des bribes de son rêve lui reviennent et se collent à la réalité. Il n'ose allumer la lampe. Enfin, il n'entend plus rien. Ce calme le surprend. Ce silence l'affole encore plus que le bruit qui l'a précédé. Il se sent devenir fou. Il se lève, met son pantalon avec des gestes maladroits, se chausse rapidement, sort et va tâtonnant jusqu'à la porte de la salle. Le voilà dans la cour... à l'écurie. Il secoue le cheval... le harnache... le tire dehors... l'attelle à la carriole. Tout ça en un rien de temps. La nuit est claire et douce. Elle boit sa sueur. Il monte lestement et, d'un coup de fouet, mord les flancs de la bête qui part au galop. Au loin, derrière lui, une bande de petit jour dépasse de l'horizon vallonné. Moarc'h va vers l'homme de Ménétréol pour lui dire que la tête a rompu le charme dans lequel il la tenait et qu'il est prêt à faire tout ce qu'il lui dira de faire.

~

Lorsqu'il revient, les domestiques et Henriette sont dans l'étable. Le bruit les tire dehors. Ils voient Moarc'h sauter de la voiture en marche. Le Breton manque de perdre l'équilibre. Un instant, il se penche tout d'un côté. A l'aide de rapides moulinets des bras, il se remet droit. A grands pas, il se dirige vers la salle et y entre en gesticulant. Abandonné à lui-même, le cheval continue droit sur l'écurie. La porte est ouverte. Antoine a juste le temps de courir pour l'arrêter avant qu'il ne brise les brancards. Lorsqu'il l'a calmé, dételé et attaché, il retourne avec les deux femmes. Elles n'ont pas bougé. Henriette pleure nerveusement. La Galiotte, béate de stupeur, fixe la porte de la salle.

~

« Prends une corde solide... » a dit calmement l'homme de Ménétréol, réveillé par Moarc'h comme fou.

Et maintenant Moarc'h tient à pleines mains la corde solide. Il monte dans le grenier. Il a si peur qu'il ne sent plus sa peur.

La tête est là, toujours posée sur son cou tranché. Elle est tout contre le maître pilier, équarri à la hachette. Les muscles de Moarc'h se prêtent. Les conseils du sorcier guident ses gestes. Il s'éloigne d'abord et, se courbant, tel un chasseur qui veut ruser avec une proie immobile, il longe la partie basse du toit. Il butte contre les sacs de farine qui sont étalés là, contourne le pilier central et, bientôt, se trouve juste derrière la tête. Il ne la voit plus. La colonne de bois la cache. Il pense qu'elle aussi ne le voit plus. Lentement, il va vers elle. Les paroles du maréchal-ferrant claquent dans ses oreilles : « Tu l'attacheras solidement, comme ça, elle te laissera tranquille... » Il arrive contre le pilier et, à genoux, tend la corde... Hop, il abaisse les bras en poussant un hurlement de victoire. Il tire de toutes ses forces et plaque la pierre contre le bois qui résonne sous ce coup brutal. Il serre à en faire craquer la natte de chanvre. Il noue. Il fait un nouveau tour. Il serre encore. Il fait dix tours. Dix nœuds. Autant que la longueur de la corde le permet. Lorsqu'il a fini, il se redresse et vient se mettre devant la tête. Elle est balafrée par le lien qui la tient prisonnière. D'un coup de pied, il s'assure qu'elle est bien tenue. Puis il rit. Il rit à n'en plus finir. Il rit en descendant l'échelle. Un mauvais hoquet se mêle à sa joie et lui laisse une douleur dans la gorge. Il est bientôt en bas. A présent, il s'efforce pour rire. Son corps épais en est tout agité et semble grelotter. Tout de même, ses jambes ont des faiblesses. Il s'adosse à l'échelle et, arrêtant son rire, il cherche à se débarrasser de ce hoquet tenace qui lui secoue tout le dedans du corps. Il ferme les yeux et pousse de longs soupirs. Sa tête se met à tourner.

Soudain, contre son dos, il sent vibrer l'échelle. Il se jette brusquement en avant, lève les yeux mais ne voit rien. Il ne s'aperçoit pas tout de suite que son hoquet a cessé et il va sortir lorsque les murs et la charpente commencent à craquer. D'abord ce sont de faibles bruits semblables à ceux que la nuit tire des meubles. Il n'ose plus respirer. Le bruit grossit lentement. Il s'enfle. Le haut de l'échelle tressaute. Moarc'h veut fuir mais la peur le fige sur place. Bientôt, toute la bâtisse ébranlée menace de s'effondrer. Les poutres crissent. Les plafonds craquent. Les solives gémissent. Les murs de pierre s'ébrouent. Là-haut, dans le grenier, une force gigantesque secoue le bois et la pierre. Le Breton est sans défense. Sa raison chancelle. Enfin, il hurle de frayeur. S'il ne fuit pas, il va être écrasé sous le poids du bâtiment. Il tombe à genoux et implore en levant les yeux vers la trappe qui crève le plafond d'un carré de lumière. Il sanglote en se tenant le front. Il demande pardon. Il jure de retrouver le corps de la statue. Il promet tout.

Alors, subitement, il se sent plus léger. Cette dernière promesse l'a libéré de sa peur. Le silence et le calme sont revenus. Il se relève et sort à reculons. Ses pieds se prennent dans des manches d'instruments tombés à terre. Il les regarde. C'est une pelle et une pioche. Sans hésiter, il les ramasse.

~

Ceux de la Noue sont toujours immobiles devant la porte de la grange. Ils ont entendu les hurlements du maître. Ces hurlées doublement pénibles dans le grand jour et la quiétude du matin. Aucun d'eux ne parle. Enfin, ils voient le Breton sortir de la remise. Ses bras balancent les outils qu'ils portent. Il marche d'un pas rapide. Il passe près d'eux. Il ne s'arrête pas et n'a même pas un regard. Henriette commence un geste pour le suivre. La Galiotte la retient.

~

« Si elle refuse de se taire, a encore dit le sorcier, en passant son tablier sale de tous les jours, ...va droit et fais vite... surtout que rien ne t'arrête... »

Rien ne l'arrête. Ni le bleu du ciel qui apaise, ni la tiède chaleur qui calme les sens. Sur ce chemin vert et or conduisant à la Malnoue, rien ne pourrait détourner Moarc'h de son but. Il va droit. Son pas est celui d'un homme décidé à tout. La peau de ses mains se colle au bois des manches. Il serre avec force. Il a hâte d'ouvrir son champ, de mettre au jour le corps de pierre. La Malnoue est encore loin. Il court. Il trébuche sur des cailloux que les hersages ont tirés des champs voisins, et que l'on a jetés là pour durcir le chemin. Son souffle ne tarde pas à se raccourcir. Il doit s'arrêter pour l'aider à reprendre. Ses forces sont plus faibles que sa hâte. Il repart. Un nœud de muscles s'est fait dans le côté gauche de son ventre qui pèse et retient la jambe. A plusieurs reprises, il ploie pour chasser la douleur.

Enfin, il dépasse la haie d'où l'on aperçoit le marais. Un coassement racle l'air bleu et semble l'appeler. Il court à nouveau. Le voilà devant le champ à blé de la Malnoue, un petit vent frais s'est levé et le moire. A pleines enjambées, et sans la moindre hésitation, Moarc'h pénètre dans son champ. Le blé vert s'écarte et se couche sous les pieds qui l'écrasent. Le Breton cherche à retrouver l'endroit où est la pierre. Il ne se souvient plus au juste. Il regarde d'un côté, puis de l'autre. Ce doit être là, au milieu. Prenant la pioche à pleines mains, il la lève et frappe. L'acier disparaît dans l'herbe à blé et la fait bruisser avant d'entrer dans l'épaisseur qu'il déchire. En trois coups, une motte est découpée. Moarc'h l'arrache en tirant sur la toison verte. Il s'acharne à scalper le champ. Lorsqu'il a bien dégagé et fait une large brèche dans les flancs vivants, il creuse. La terre lâche des taons qui se posent sur son cou. Une tranchée se forme qui avance et dévore. Elle sape de larges plaques de tiges qui, toujours, bruissent. Bientôt, il est à dix mètres du bord et il n'a pas trouvé ce qu'il cherche. Il a dû se tromper. Il recommence un peu plus loin. Le soleil monte et cuit comme un four. Il frappe à grands coups. Il frappe le crâne nu du Breton dont rien ne pourrait arrêter la folie grandissante. La vie est partout. Un vol d'alouettes grésille sur le fond du ciel. Le coucou jette sans cesse ses deux immuables notes, l'une chassant l'autre. Du bois parviennent les craquements de roues d'un charroi. Au lointain, les clarines du troupeau de la Noue lancent des sons clairs qui scintillent dans l'oreille. Un feu d'herbes mortes encense l'espace. Et Moarc'h creuse toujours. Il creuse en plein dans la grande veine de terre dont le sang roux vient à gros caillots. La pelle les prend et les rejette. Elle les entasse sur le blé neuf qui étouffe. Éventrant encore, il s'acharne. Il fait le travail de deux hommes. Déjà le gain du labour pris sur la terre du marais est perdu. Ce n'est plus que trous et bosses, crevés çà et là par des touffes de jeune blé hirsute. Et, dans ce bout de champ mort-né, Moarc'h n'a toujours pas découvert le corps de cette femme de pierre. « Il te faut coûte que coûte retrouver cette statue... » a conclu l'homme de Ménétréol en le reconduisant à la carriole. Alors, il porte sa folie sur ce qui reste du champ. Sa pioche s'enfonce sans jamais toucher la pierre maudite. De rage, il jette l'outil au loin. Il reprend le chemin de la ferme. Il est las et ne se retourne pas pour contempler son œuvre de mort. Il va droit comme il a fait pour venir. A présent, il est résolu, il détachera la tête et reviendra la jeter dans cette diablesse de Malnoue.

~

Débrayé par l'effort, Moarc'h traverse la cour et va au puits. Il en tire un seau d'eau fraîche et boit à même, sans souci pour son nez et ses vêtements qui prennent l'eau. Lorsqu'il a fini, il entre dans la salle. La Galiotte et Henriette qui y travaillent s'immobilisent et le regardent avec crainte. Elles voient que ses yeux sont fixes et débordent presque les paupières. Moarc'h ordonne à la Galiotte.

– Trouve-moi la brouette...

Il va aussi parler à Henriette, mais il se ravise et passe à côté d'elle. Son bras frôle le ventre dur.

Le voici à nouveau dans le grenier, devant la tête toujours liée au maître pilier. Une chaleur moite gonfle comme dans une marmite. Dévoré par le chaud, l'air semble manquer. Moarc'h a hâte d'en finir. Dans sa poche son couteau lui pèse. D'une main assurée, il le tire et l'ouvre. L'acier claque contre la corne. Il avance. La lame sort de son poing comme un doigt tendu. Il coupe entre bois et pierre. La corde est solide. Elle serre comme sur une proie. Enfin, l'un après l'autre, les tronçons de chanvre tombent à terre. Le dernier est bientôt coupé. La tête roule comme s'il venait de l'exécuter une fois encore. Elle roule entre les jambes de Moarc'h qui a un brusque sursaut.

Il jette son couteau et ramasse la pierre qu'il serre contre son ventre. Elle pèse dans ses bras harassés. Lentement, il va à la trappe. Il se tourne pour que ses pieds prennent mieux l'échelle. Il ne peut plus compter que sur eux. Ses mains sont prisonnières de ce poids de malheur. Tout de suite, il trouve le premier barreau, puis le second. Avec peine il descend. A chaque geste, il doit se pencher en avant. Il lève la pierre à hauteur de sa poitrine. Et, maintenant qu'il n'a plus l'appui de la trappe, il est obligé de la remonter encore. Le froid de la pierre frotte contre sa joue, mais, peu à peu, il lui semble que ce froid disparaît pour faire place à une tiédeur. C'est bientôt doux comme une peau de femme. Sa joue rude sent mollir la joue de pierre. Il descend plus lentement. Son fardeau s'allège encore. Il n'ose rompre ce contact qui a la saveur d'une caresse. Il est là, joue à joue avec la mauvaise. Il s'arrête à mi-hauteur de l'échelle. Il a l'impression d'être revenu au temps des amours. Il se sent tout autre. Dans ses bras, la pierre qui s'est faite chair tressaille. Il n'ose rompre le charme. Il ferme les yeux. Il va perdre notion de tout lorsque la soudaine voix aiguë de la Galiotte vient de la cour et lui frappe l'oreille.

– Eh! Voilà ta brouette... Tu veux que je t'aide?...

Il reprend brusquement conscience. La pierre pèse à nouveau sur ses poignets. Elle se fait de plomb et le pousse. Il se sent tomber. Comme un bouchon qui saute, sa peur quitte sa gorge. Il hurle. Le bruit de sa chute est mou. La pierre rebondit sur lui. La poitrine broyée, il râle déjà. La tête maudite a roulé à côté de lui. Elle est debout sur son cou tranché, le visage immobile et les traits tels que les a voulus celui qui les sculpta à deux mille ans de là.

~

Le hurlement de Moarc'h fait sursauter les femmes. La Galiotte arrive la première. Elle voit et comprend. Elle étouffe son émotion et referme vite la porte. Il ne faut pas qu'Henriette voie. Mais aussi vite que fait la femme, la fermière a le temps d'apercevoir son homme disloqué sur le sol. Elle porte ses poings à sa bouche. Elle les mord. Des larmes sautent de ses yeux, puis elle se sauve. Elle sort de la salle. Dans son ventre ballotte le poids de sa chair.

– Antoine... Antoine... crie-t-elle.

Elle trébuche et tombe lourdement.

~

Dans la remise, au bas de l'échelle, la Galiotte soulève le corps de Moarc'h en le prenant sous son bras. La poitrine du Breton se plie comme du drap. Bientôt il ne râle plus. La servante s'agenouille. Elle écoute, l'oreille contre la bouche d'où sortent deux moustaches de sang. Elle regarde ses yeux. Ils sont fixes et la mort les gèle rapidement. Elle abaisse les paupières, récite un bout de prière. Cela fait, elle passe ses longs doigts tordus et maigres sur les joues blêmes. Elle étale ses larmes et se relève d'un brusque coup de genou. Elle a besoin d'air et de soleil. Elle sort de la remise où elle croit sentir l'odeur de la mort se mêler déjà à celle, pure et forte, du lait. Son pas est incertain. Elle traverse la salle. Du seuil elle aperçoit Henriette qui, à même le sol de la cour, se tient le ventre à deux mains. La Galiotte a vite fait de se trouver à côté d'elle et de l'aider à se relever.

A ce moment, sur le chemin des Langlois, apparaît Antoine. Il marche avec un léger balancement de torse comme si la cadence de la faux lui était restée dans les muscles. Dès qu'il aperçoit les femmes, il presse le pas. Bientôt, il est là. Il voit qu'Henriette souffre en silence. Il voit aussi que sa présence la détend un peu.

– Qu'est-ce qui?... commence-t-il.

– Tu vas savoir... coupe la vieille, mais aide-moi d'abord à la rentrer, il faut qu'on l'allonge sur son lit... Elle a les douleurs et j'ai dans l'idée qu'elle va être débarrassée... Toi, tu vas t'occuper à pousser le feu. Il faudra de l'eau chaude...

Antoine prend un air bête et ému.

– Ah! vous croyez? dit-il.

~

Sur son lit, Henriette frissonne. Ses doigts griffent les draps. Chaque poussée de son ventre lui tord la bouche. La Galiotte pense que c'est l'affaire de quelques heures. Elle pense aussi qu'elle saura s'en tirer toute seule, que ses mains dures retrouveront souplesse et adresse. Elle va rejoindre Antoine dans la salle. A présent, c'est à lui d'apprendre l'issue de Moarc'h.

Elle le saisit par le bouffant de sa chemise et le force à la suivre. Aussitôt qu'il voit il a un cri de stupeur.

– Bon sang, jure-t-il. J'aurais jamais cru ça!...

La Galiotte montre la tête et s'encolère subitement :

– C'est cette pierre d'enfer... Je l'avais bien prévenu.

Puis, résolue, prise par une rage subite :

– Attends un peu, tu vas voir...

Elle cherche dans les outils et saisit la masse d'acier qui sert à enfoncer les pieux.

– ... J'aurais tout de même jamais cru... répète Antoine qui ne peut détourner ses regards du corps de Moarc'h, écrasé par sa propre faute.

La Galiotte lève la masse aussi haut qu'elle peut et frappe le crâne de pierre. Le coup fait sauter un éclat, juste au milieu du front. Tout de suite la femme s'acharne et, cette fois, brise. Au même moment un long cri de douleur traverse les murs et vient jusqu'à eux. C'est Henriette. Ils se précipitent. La Galiotte retient Antoine qui veut entrer avec elle dans la chambre.

– Reste, dit-elle, ça n'est pas ta place.

Et elle fait claquer la porte sur elle.

Henriette se tord de souffrance. Elle a des mots que la Galiotte n'écoute pas.

– ... On vient... de me... marteler... le ventre... Oh! ces coups... Mon Dieu, on me brise...

– Oui, oui, petite, calme la Galiotte.

Après une suprême douleur vient le subit apaisement. Le ventre se fait flasque. Le corps meurtri s'abandonne. Seule la poitrine garde la cadence de l'effort. La servante tient l'enfant dans ses bras tremblants. C'est une fille. Le petit corps est plein d'une vie nerveuse. La femme voit immédiatement cette étoilure bleue qui marque juste le milieu du front.

VII

Après avoir fui Antoine, Lucas, l'humilié, est allé droit à la Maladrerie. Là, il a bu l'alcool d'oubli avec Hervé, le fils de la ferme, son compagnon des dimanches. Puis il s'est jeté dans la paille de la grange et s'y est endormi d'une masse. A l'aube, Hervé l'a secoué et lui a montré au loin, bien en vue, les Naullins mis en braises. Bouleversé, Lucas a tout de suite pensé à Jeanne : ...elle a, une fois encore, mis le feu, et va l'accuser, lui, dont la fuite est une trop belle occasion. Aussi prend-il les devants. Il va au bourg et, après une hésitation, entre dans la gendarmerie.

Le brigadier vient de descendre de chez lui. Il maugrée parce que ce matin on l'a réveillé de trop bonne heure. Il boucle son ceinturon sur son ventre épais et tape ses talons par terre pour aider ses pieds à finir d'entrer jusqu'au bout des bottes. Il regarde Lucas mais il ne lui dit rien. Sa femme lui apporte sa grande sacoche de cuir qu'il a oubliée sur la table de la cuisine. L'autre gendarme entre à son tour derrière Lucas et salue son chef. Il s'adresse ensuite au gars :

– Que veux-tu? Si tu viens pour l'incendie des Langlois, dis-leur qu'on ne va pas tarder à arriver et qu'on ne peut pas aller plus vite.

Lucas baisse la tête. Il lui suffit de se trouver là pour être saisi par l'inquiétude. Jamais il n'a approché de si près l'uniforme redouté. Le drap bleu et les bottes reluisantes renforcent la puissance de ces hommes et de cette maîtresse loi qu'ils représentent. Il a soudain peur de la voir se retourner contre lui. Il voudrait parler mais tout l'en empêche. L'odeur même du lieu le force au silence et à la crainte. Ça sent l'encre, le papier moisi et bien d'autres odeurs hostiles. Aussi veut-il sortir. Le brigadier voit son désarroi et cherche à le rassurer.

– Toi qui es de la Noue, dit-il avec suffisance, tu as vu comment on fait vite pour retrouver ceux qui font mal... Hein?

Il lève son index et a un clin d'œil vers son collègue, satisfait aussi. Lucas sent que le moment est venu de leur apprendre. Il parle d'une traite.

– Vous avez mis en prison un qui n'avait rien fait de mal, dit-il, c'est pas lui qui a mis le feu à la meule de chez nous, celle qui a fait ça c'est la Jeanne, la fille de la maîtresse, je l'ai vue porter des braises dans son sabot et les jeter au pied de la meule... Voilà... c'est vrai, je le jure...

Mais les gendarmes ne paraissent pas surpris.

– Pourquoi tu ne l'as pas dit plus tôt? font-ils après avoir échangé un sourire entendu.

– Je ne pouvais pas, j'avais peur de la Jeanne... Elle me menaçait...

Ils rient de bon cœur.

– De quoi elle te menaçait donc cette fillette pour que tu aies peur, toi un gaillard de ta taille, dis?...

– Vous ne pouvez pas comprendre, et puis d'abord c'est tout ce que je veux vous apprendre avant qu'elle raconte d'autres mensonges, par exemple que c'est moi qui ai mis le feu aux Langlois, cette nuit...

Là, ils se regardent avec sérieux et se font aussitôt soupçonneux.

– Ça ne serait pas toi des fois qui y aurais mis le feu... dit le brigadier sur un ton qui glace Lucas... Tu ne savais pas comment te dénoncer... tu as commencé par accuser une enfant qui serait bien incapable de faire le mal...

Ils le dévisagent, le fouillent avec ce regard inquisiteur qu'ils savent si bien prendre, et l'accablent de questions brutales qui le laissent muet de stupeur.

– ... Tu t'es battu... tu as le visage plein de coups...

– ... Tu t'es glissé dans la grange pour y mettre le feu...

– ... Pourquoi tu as fait ça? Dis?...

– ... C'est donc toi qui as aussi allumé la meule?...

– ... Tu seras puni doublement pour avoir laissé un innocent en prison...

Une poigne solide s'abat sur son épaule. A sentir

l'emprise de la loi, Lucas s'effondre, tel un coupable, sur une chaise proche.

Il entend le bruit mou fait par les mains du brigadier fouillant dans sa sacoche de cuir. Puis celui, clair, d'une chaîne d'acier. Un claquement lui relève la tête. On tend vers lui une paire de menottes aux bracelets brillants comme de l'argent massif. Alors il se dresse d'un bond et enfonce ses mains dans ses poches.

– Non, non ! crie-t-il, désespéré, je vous jure que ça n'est pas moi, c'est la Jeanne... C'est elle seule qui a mis le feu l'autre soir à la meule... Elle a accusé le trimardeur et j'ai peur qu'elle m'accuse pour le feu de cette nuit... Venez, on va lui faire raconter... Venez, on va lui faire raconter... Venez, faut pas attendre...

Et, moitié larmoyant, moitié ordonnant, il les prend par la manche, les tire vers la porte. Les gendarmes se dégagent et restent indécis. La conviction du domestique les trouble. Son assurance ne paraît pas feinte. En tout cas, au fond d'eux-mêmes, ils ne sont pas mécontents de savoir que ce vieux trimard pourrait être innocent. Ils se sont pris d'amitié pour ce coureur de routes mis au cachot et qui, jamais, ne s'est plaint. Le premier jour, il était resté assis sur la planche rêche servant de lit et de banc, lèvres cousues, mains jointes, doigts entrelacés. Le brigadier, qui venait toutes les heures voir s'il ne s'était pas échappé, le trouvait toujours figé dans la même posture, les yeux perdus, ses longs cheveux blancs légèrement redressés comme par un coup de vent. Dans cette position, il ressemblait à un homme d'église, ou encore à un de ces anciens pleins d'austérité, impénétrables, sévères, fidèles aux préceptes du grand Saint-Simon. Les gendarmes avaient pensé appeler le curé d'Angillon, mais à la réflexion, ils avaient conclu que les affaires de gendarmes n'étaient pas affaires de prêtres. Le lendemain, le prisonnier se montra sous un jour nouveau, accueillit les deux hommes avec un sourire plein de bonté et, même, parla calmement. La douceur et la fermeté de sa voix leur firent impression. C'était bien la première fois qu'ils arrêtaient un vagabond qui avait allure de seigneur. A leur insu, ils se montrèrent aimables. Si bien que la femme du brigadier, qui n'entendait plus son homme jurer que par ce prisonnier, lui demanda avec moquerie si c'était un prince du sang ou un cardinal qu'ils avaient ramené. Ils lui rendaient visite sous tous prétextes et en étaient arrivés à ne pouvoir se passer de l'entendre, d'écouter ses conseils, de voir son beau visage refléter le sens des mots qu'il disait et qu'il faisait ainsi vivre. Ils auraient déjà dû l'emmener à la prison centrale de Bourges où sont mêlés les innocents et les plus fameux gredins du département; là seulement commence la justice majeure : celle qui punit. Mais ils s'étaient arrangés pour le garder quelques jours de plus comme on garde chez soi un ami qui vous enchante. Chose curieuse, ils ne furent jamais tentés de l'interroger sur son crime. Ils écoutaient sa voix, c'était tout. Assis sur sa planche, l'homme semblait être à prêche et, il faut l'avouer, sermonnait bien mieux que le curé du bourg. Il est vrai que cette voix était musique, elle plaisait comme peu de voix y parviennent. Elle vibrait tels des tuyaux d'orgues et les sons allaient d'un bout à l'autre de tous les sons. C'était un arc-en-ciel de sons. Elle était presque céleste, cette voix charmeuse qui, sans cesse, forçait l'amitié.

L'avant-veille, à la nuit tombante, il avait eu une attitude étrange et incompréhensible; il avait soudain poussé un cri qui, entre les murs du cachot, avait fait un bruit semblable à l'explosion d'une mauvaise poudre. Les gendarmes s'étaient précipités pour ouvrir la porte. Le vagabond était à genoux, le front penché comme à confesse, alors que le poids des péchés vous accable langue et tête. Il gémissait. Le brigadier s'était approché pour lui demander la raison de son cri. Le trimard avait secoué les épaules comme pour dire : « Vous ne pourriez pas comprendre. » Pour la première fois, les gendarmes s'étaient pris à penser que le bonhomme avait certainement en lui une flamme de démence qui ne se remarquait pas sur son fin visage. Ils étaient ressortis du cachot avec une forte inquiétude et l'avaient longtemps regardé par le judas légèrement entrebâillé. La nuit passée, le prisonnier avait bien encore gémi un peu, mais à présent il devait dormir. Et voilà que ce domestique venait l'innocenter!

Aussi se sentent-ils disposés à tout faire pour trouver un autre coupable. D'abord passer par la Noue avant de se rendre aux Naullins. Ce ne sera pas une perte de temps. Peut-être même un gain, si celui-là dit vrai. Avant de partir, ils veulent apprendre la nouvelle au prisonnier. Ils pensent que ça lui remettra les idées en place et sans doute le sauvera de sa folie naissante. Ils vont à la pièce qui sert de cachot et tirent le grand doigt de fer du verrou qui joue comme à regret sa musique froide et crispante. La lourde porte de bois, bardée de lames de fer cloutées, est bientôt grande ouverte. Alors ils restent sans voix. Le cachot est vide.

~

Le grand jour a chassé les restes sales de l'aube. Dans le matin bleu et léger, la ferme des Langlois aux entrailles dévorées ne dresse plus que des murs craquelés et noircis. La flamme a emporté la fierté des frères Turpault. Les voisins vont et viennent au milieu des décombres fumants. Des gosses cherchent à faire quelques rapines. Tout le monde parle à la fois. L'animation ressemble à celle d'un jour de foire à Aubigny. Les deux frères, traits creusés par le désespoir, errent au milieu de ces gens inutiles et relèvent çà et là d'inutiles débris calcinés.

Subitement, Léon court jusqu'à son frère.

– Dis, Germain, et celui que j'ai tiré pendant qu'il s'enfuyait avec une torche?...

– Bon sang, oui, s'exclame l'autre, en remettant à son tour de l'ordre dans sa tête, c'est même moi qui t'ai appelé... Il est parti par là, vers la Noue... Faut tout de suite voir si tu l'as touché.

En apprenant la chose les femmes gloussent de crainte.

– Oui, disent-elles, comme pour se rassurer, Léon est un fin tireur... il a dû faire mouche.

– Si je l'ai touché, reprend Léon, il ne doit pas être bien loin à râler dans un coin... J'étais chargé à sanglier...

Un groupe d'hommes s'est formé. Chacun reste silencieux et tendu.

– Allons voir, décide Léon.

Et il part à grands pas. Son frère fait signe aux femmes de rester. Antoine et quelques autres d'alentour, venus aider à tuer le feu, suivent les fermiers des Langlois. Tous ressentent une colère semblable à celle des Turpault, car l'incendiaire aurait tout aussi bien pu mettre le feu à leur propre ferme.

– S'il n'est pas mort, on l'achèvera, lance rudement Antoine.

– On remplacera les gendarmes et on fera justice sur l'heure, dit un autre sur le même ton.

– Faudrait pas qu'il nous échappe et recommence ailleurs...

– Hé! Léon, dit un quatrième, inquiet, t'es sûr d'avoir tiré juste?...

Turpault ne répond pas. Déjà il a fait cent enjambées sur le chemin de la Noue. Il mesure le vol de sa décharge de plombs. Encore autant et il suffira de fouiller les haies d'alentour. Tout en marchant, il pense que l'homme n'a peut-être pas été touché. Il passera alors pour un maladroit, mais tant pis.

Il s'arrête net et se penche. Sur la terre battue, du sang fait des petites boules brunes que le soleil durcit. Impatient, il cherche autour et s'exclame.

– Nom de nom... Venez voir...

Tous le rejoignent et se pressent autour de lui. Léon leur montre le trognon de torche qu'il vient de ramasser là. Ils ont des exclamations de contentement, puis des cris de rabatteurs de gibier. L'incendiaire ne peut avoir fui très loin. Tout ce sang perdu le dit. Aussi se dispersent-ils et se montrent-ils d'autant plus acharnés à battre les taillis que celui qu'ils cherchent doit être sérieusement affaibli par sa blessure.

Soudain un cri violent, suivi d'un bruit de lutte, les obligent à regarder vers la haie que vient de dépasser Germain. Ils s'y précipitent. Mais la scène qu'ils découvrent les arrête net. Turpault se bat et se roule à terre avec un adversaire souple et vif qui lui griffe le visage avec l'ardeur d'un chat pris de folie furieuse. L'instant de stupeur passé, les hommes se penchent pour venir en aide à Turpault. Alors, ils reconnaissent Jeanne Moarc'h qu'ils séparent avec peine de Germain. Antoine blêmit. Silencieuse, la fille essaye de griffer encore et donne des coups de pied. Ils parviennent difficilement à l'immobiliser. Ses cheveux retombent sur son visage. Elle les rejette d'un geste vif et son regard veut écorcher chacun. Dans un brusque sursaut, elle cherche à échapper aux hommes.

– Lâchez-moi, hurle-t-elle.

Ils sont tentés d'obéir, mais, en voyant Léon se

relever et essuyer d'un revers de main son visage ensanglanté, ils la serrent plus fort.

– Pourquoi t'as fait ça? crie-t-il en s'approchant d'elle, menaçant.

Ces paroles secouent Antoine. Il croit que Léon accuse la fille d'avoir mis le feu aux Langlois. Il se met entre Jeanne et Turpault et parle en appuyant son poing à hauteur de cœur.

– Je peux te jurer que ça n'est pas elle... Au moment du feu, elle était chez nous...

Il s'arrête, hésite. Sa voix se fait autre.

– ... Regarde... elle n'a pas été touchée par ton plomb...

Et il se retourne vers Jeanne, évite son regard, prend le bord de son corsage d'une pleine main et tire sur l'étoffe qui se déchire. Ceux qui tiennent la fille la lâchent et s'écartent. La Malvenue se redresse, hautaine. Son corsage pend autour de sa juge. Sa poitrine nue les frappe tous de gêne.

– ... Regarde... répète Antoine, à présent agressif... est-ce que tu vois une blessure de plombs?...

Ses yeux brillent. Il remonte aussitôt, tant bien que mal, le corsage de Jeanne et veut la protéger en la prenant par la taille. Mais elle le repousse avec force. Le premier, Léon parle, radouci.

– Bien sûr que ce n'est pas elle... Qui t'a dit que je l'accusais? Je voulais seulement savoir pourquoi elle m'avait bondi dessus.

Les autres voudraient parler aussi, rien que pour se distraire des idées qui leur sont venues. Ils ne pensent plus à ce criminel qu'ils recherchent. La seule vue de ce corps de fille a mis en eux le même trouble qui est dans les yeux d'Antoine et dans les mots de Léon Turpault.

Il faut l'exclamation de Germain, qui est reparti fouiller la haie, pour que chacun détourne son regard de la Malvenue toujours dressée, dans un mépris silencieux.

– Là... ce corps... voilà notre homme.

Il se penche mais se relève et chancelle comme s'il venait de recevoir un coup. Léon arrive, regarde à son tour. Il a un cri et s'écroule à genoux. Les autres arrivent et, tout de suite, reconnaissent Blaise inanimé, presque noyé dans l'herbe haute. Ils voient sa poitrine lacérée par la décharge de plombs, son visage crispé par la souffrance, et cette vomissure de sang noir, durci, sur laquelle se posent des mouches aux flancs couleur d'acier! Tous en sont bouleversés comme s'ils venaient de trouver ainsi leur propre fils.

A ce moment la voix de Jeanne les frappe en plus. Des sanglots coupent ses mots. Personne n'ose l'arrêter. A terre, Léon reste comme foudroyé. Pâle, Germain lutte avec un vertige qui l'oblige à fermer les yeux.

– ... Voilà ce que vous avez fait de votre gars. C'est l'un de vous qui l'a tiré, j'en suis sûre... C'est peut-être vous, son père, ou vous, son oncle, qui avez fait ça... Dites pourquoi?... Il n'a pas voulu faire mal... Il ne savait pas... Il m'aimait... Vous n'avez même pas pensé que votre Blaise pouvait mettre le feu... Faut que vous soyez bêtes... Un fils ça appartient pas à son père, ni à sa mère, ça se moque bien des siens... Le vôtre il était fait pour moi...

A mesure qu'elle parle, sa voix devient plus coupante. Une rougeur apparaît sur ses joues.

– ... Je vous hais... vous entendez... je vous hais... Vous m'avez fait le pire du pire... Vous n'êtes qu'à moitié punis, faudra que vous payiez cher le mal que vous me faites... Je ne vivrai plus que pour vous montrer ma haine... Vous m'avez pris ma vie...

Elle s'arrête enfin. Léon s'est relevé. Il vient droit sur elle. La douleur et la colère luttent en lui. Germain aussi dompte sa peine et marche vers Jeanne. Rapide, Antoine pousse la fille vers le chemin.

– Retourne vite à la ferme... Reste pas ici, sans ça ils vont te tuer... Va-t'en, pour l'amour du ciel...

Jeanne a alors un sanglot douloureux et s'enfuit vers la Noue.

~

Arrivée, elle s'enferme dans sa chambre. Elle se jette sur son lit. Elle s'y jette comme elle aurait voulu, tout à l'heure, se jeter sur le chemin et y rester pour mourir sur place.

Le désespoir s'est fait boule dans sa gorge et l'étrangle. Il n'arrête pas de gonfler. Mais, en étreignant le lit comme s'il était un gros corps d'homme, des larmes lui viennent et la soulagent. Le lit est mou. Il est mou comme l'est en ce moment le corps de Blaise. Le chagrin de Jeanne en est avivé. Elle a des hoquets rapides qui lui tirent les épaules.

Le plus lourd de sa peine sort.

Elle reste à plat ventre. Son souffle pénètre et attiédit l'étoffe. Ses lèvres tressaillent. Un soupir trébuche encore dans sa gorge. Enfin, elle se détend et laisse pendre son bras. Le sang alourdit sa main qui a un mouvement de balancier et, malgré elle, se glisse sous le matelas. Le dernier morceau de la statue est toujours là. Elle le tire de sa cachette, le ramène contre sa joue et s'en caresse la peau.

Alors, Jeanne implore la pierre.

– Ne te fais pas si mauvaise... Aide-moi dans ma peine... Redonne-moi Blaise, tu le peux... Je ferai encore ce que tu voudras...

Soudain des bruits heurtés écartent le silence qui coule dans la cour. C'est à la fois ceux, secs et précipités, du fer contre les cailloux et celui, haché, d'une voix qu'elle connaît bien. Elle se lève et va à la fenêtre. Les gendarmes sont là. Ils attachent leurs montures à l'entrée de la cour. Ils sont là avec Lucas qui les suit comme soudé à eux. Le gars jure et menace. Jeanne comprend tout de suite. La colère lui vient d'un jet. Pourtant, elle trouve la force de se contenir. Elle veut entendre ce que Lucas va dire. Antoine, qui arrive juste, s'avance au-devant d'eux. Il est tendu, agressif. Les deux femmes, qui étaient allées à sa rencontre pour savoir des nouvelles et devant lesquelles Jeanne est passée sans les voir, s'immobilisent sous la fenêtre de la salle. Lucas se tait et n'ose regarder Antoine, arrêté à trois pas de lui. Tous entendent le brigadier lui ordonner de parler. Il parle et ne regarde que le brigadier qu'il semble prendre à témoin de ses dires. Il s'étrangle presque.

– ... Oui, oui, la Jeanne a mis le feu à la meule... Je l'ai vue, elle a pris des braises dans son sabot... En revenant elle l'a jeté dans la fosse... y a qu'à chercher tout de suite...

Jeanne sursaute vivement par la fenêtre et court vers le gars. Elle s'arrête à quelques pas de lui. Il n'a pas le temps de mettre ses mains devant son visage. D'un geste précis, la fille lance violemment la pierre tranchante qu'elle tient dans la main. Lucas pousse un tel hurlement de douleur que tous reculent. Il s'écroule et se roule sur le sol en se tenant le visage. Il se roule dans son sang qui jaillit à pleins entre-doigts. D'abord indécis, les hommes se précipitent. Ils se penchent et lui soulèvent la tête. La pierre a atteint tout un côté du visage. L'arête a ouvert le coin des lèvres et la joue. L'œil a éclaté. Un liquide épais coule et se mêle au sang qui vient à gros jets. La poussière et les saletés de la cour épaississent déjà la plaie et la rendent plus affreuse encore. Le gars souffre tant qu'il ne peut même plus gémir. Les femmes poussent des petits cris de stupeur qui rabotent le silence.

Personne n'ose s'approcher de Jeanne qui n'a pas bougé. Toujours menaçante, la fille ramasse la pierre qui, après avoir frappé Lucas, a rebondi vers elle. Un moment, elle regarde l'œil sculpté, le bout du nez lépreux, le coin de la bouche. Alors elle sourit en pensant que sans cette pierre qui a commandé le geste de sa main, ce maudit domestique en serait encore à l'accuser et, qui sait, aurait peut-être déjà réussi à convaincre les gendarmes qu'elle était coupable. Une chaleur court dans son bras. Sa main étreint à nouveau le morceau de statue. Force et plaisir sont en elle. La Malvenue rit soudain d'un rire de démente. La surprise déroute les autres qui ne savent que faire. Ils s'écartent de Lucas. Seule la Galiotte secoue sa stupeur. Elle va s'agenouiller contre le blessé et applique son tablier de toile grossière sur la balafre. Le sang s'y prend comme dans une éponge.

Ils restent sans voix devant cette gamine qui a ouvert le visage du gars. Ils sont dans un état étrange : un peu comme s'ils subissaient les effets d'une drogue de sorcier. Quoique Lucas soit allongé là, telle une bête abattue sous le marteau, c'est comme si Jeanne n'avait jamais jeté la pierre et, lui, ne l'avait jamais accusée.

– Vous pouvez l'emporter... dit Jeanne méprisante, ça ne lui a pas réussi de mentir...

Et, farouche :

– ... Vous n'en auriez pas fait autant à ma place ?... Dites ?...

Elle remonte la mèche qui s'acharne à retomber sur sa joue et voudrait que tout le monde l'approuve. Seulement, la Galiotte et Henriette, elle-même, lui font reproche par leur silence. Antoine, qui pourrait l'encourager d'un geste complice, reste immobile et évite son regard. Alors elle hurle.

– ... Vous ne voyez donc pas que c'est lui le coupable, je l'ai vu comme je vous vois... Je vous le jure...

La pierre pèse dans sa main, la Malvenue comprend qu'elle veut frapper une nouvelle fois. Écraser la face de ces gendarmes indécis. Éclater à nouveau le visage de ce bavard de Lucas qui peut encore accuser. Un balancement se communique à son bras. Mais Jeanne ne voudrait pas la jeter sur les femmes, ni sur Antoine qui a pris sa défense contre les Turpault. Elle serre le morceau de statue et prend peur car il se fait mou sous la pression des doigts. Elle serre plus fort et la pierre semble se faire chair. A présent, elle a une tiédeur humaine et cherche à se glisser hors de sa prison aux barreaux de doigts. Elle glisse et frétille comme une rainette prisonnière. La fille tremble de frayeur mais serre rageusement. Elle comprend que la vie y est revenue. Il ne faut pas que les autres voient ce caillou maintenant vivant. Le balancement de son bras se fait de plus en plus menaçant.

– Arrête, ordonne Antoine, tu ne sais plus ce que tu fais. Pose cette pierre par terre...

Elle lit la crainte sur les visages. Les regards suivent anxieusement la course de son bras. Elle sait qu'elle n'a qu'à ouvrir la main pour que la pierre s'échappe et fende en plein un autre visage. Mais elle ne veut pas voir le sang d'un autre visage. Elle essaye de dominer la force qui est dans son bras. N'y parvenant pas, elle trouve la volonté de courir s'enfermer dans sa chambre. Là, elle s'agenouille sur son lit. Elle n'a pas lâché la pierre qui est redevenue simple pierre. Avec rage elle se sert du tranchant pour balafrer le plâtre du mur. Une écume sort d'entre ses doigts qui crissent en même temps que la pierre racle sur le plâtre. Elle s'acharne à fatiguer la force tenace dont elle ne s'est jamais autant sentie l'esclave. Le mur se couvre de longues et profondes éraflures comme seules peuvent en faire les griffes du diable.

Brusquement elle subit l'impression d'une présence. Elle se retourne et sursaute. Adossé au mur, près de la fenêtre, le vieux trimardeur se tient immobile. Elle ne l'a pas entendu arriver. La porte n'a pas craqué. L'homme paraît avoir grandi. Son long visage est austère. D'abord la surprise laisse Jeanne sans voix, puis elle pense que sur les accusations de Lucas on a relâché l'homme et qu'on l'a envoyé à elle pour la confondre, la faire avouer de force. Alors elle tend le menton et le brave.

– Ça n'est pas moi, dit-elle, hargneuse... Lucas est un menteur... Il m'en veut de ne pas m'être donnée à lui...

L'autre ne bouge pas. Il ne parle pas non plus. Il la regarde seulement, et ce regard lui paraît un morceau de ciel, un tout petit morceau où la haine, la méchanceté, le mensonge n'ont pas de place. Un morceau de ciel petit à voir comme ça, dans les yeux d'un vagabond, mais immense à imaginer dans l'espace. Un peu comme une terre lointaine et inaccessible. Jeanne descend du lit. Sa main libre reste cramponnée au bois. Elle n'a plus autant d'aplomb.

Elle tremble même. Une autre force tend à la guider. Elle dit encore, d'une voix moins assurée :

– Ça n'est pas moi... C'est lui, lui tout seul...

Elle serre la pierre. Maintenant, elle voudrait la briser, en faire du sable comme elle devait être au début du monde. Le vieux trimard ne vit toujours que par ses yeux de ciel. La fille glisse à terre et, dominée, s'agenouille. Elle voudrait entendre la voix de l'homme. Elle étouffe de ce silence. La voilà presque rampante sur le carrelage rouge. Des larmes lui viennent. Elles sont faites de remords, de douleur et aussi de haine. Enfin l'homme lève une main. Il tend deux doigts. Son geste est lent. Il parle.

– Petite, par ta curiosité tu es devenue un cheveu du diable... Tu vas retourner à ton maître, il est temps d'avouer toi-même aux tiens le mal que tu as fait, cela allégera tes souffrances à venir...

Ses lèvres s'entrouvrent à peine. On dirait qu'il parle sans desserrer les dents. Sa voix n'est plus celle que Jeanne lui connaissait. Elle résonne comme si elle sortait d'un puits, comme si elle heurtait une longue voûte. Puis Jeanne croit voir l'homme s'élever, quitter le sol ni plus ni moins, comme le ferait un revenant ou le Bon Dieu lui-même...

– Tu vas payer, continue-t-il... j'ai essayé de te retenir lorsqu'il en était encore temps... Tu dois te souvenir... Mais tu n'en fais qu'à ta tête... Hélas! je vois que le démon du mal est arrivé... sa marque court déjà sur ton front... Mais toi, tu peux sauver l'âme de ton père qui est le coupable inconscient de ta damnation... pour cela il faut que tu ailles jeter dans la Malnoue la pierre que tu tiens... Tu dois le faire, tout de suite... Seulement prends garde, ton maître t'attendra... jette la pierre, ne réponds pas à son appel... N'oublie pas... jette la pierre comme tu as fait des autres... jette...

Et sa voix faiblit... On dirait qu'elle se détache de sa gorge et s'éloigne de son corps. La voilà dans la cour. Jeanne a un frémissement : à présent tous doivent l'entendre. Il répète encore ces derniers mots et sa voix s'efface... Elle doit être sur le raccourci de Boucheron – pourvu que personne n'ait entendu ce qu'il disait !... La voix s'éteint, mais lui reste là, immobile et calme. Sur ses yeux, il y a maintenant la flamme blanche du reproche et, par moments, celle, noire, de la sévérité. L'homme se déplace et s'approche de la porte qu'il ouvre. Alors Jeanne réussit à tirer un grand cri de sa poitrine oppressée. Bientôt Antoine arrive. Avant d'entrer chez la fille, il hésite un instant. Enfin, il pousse le battant et il la voit, raide, toujours agenouillée au pied du lit, le regard perdu vers le mur vide.

– Qu'y a-t-il ? dit-il, durement.

Elle tend un bras vers le mur.

– Là... regardez, vous ne reconnaissez pas ce trimardeur qui a mis le... qui revient de...

Sa langue refuse de dire plus. Antoine ne voit rien. Il craint seulement d'approcher Jeanne parce qu'elle tient encore la pierre qui a défiguré Lucas.

– Il y a personne... tu rêves debout... tu ne sais plus ce que tu dis et, pire, ce que tu fais... Tu n'aurais pas dû frapper... ça peut nous coûter...

A son tour, Henriette arrive, et la Galiotte. Les gendarmes restent dans la cour. Ils se sont enfin décidés à soigner le domestique toujours allongé, le souffle bref, sur le lit de terre et de cailloux. Henriette va sermonner sa fille, mais elle n'a pas le temps d'ouvrir la bouche. Jeanne se lève et leur fait face. Ils voient aussitôt la large tache rouge qui marque son front. Ils ont un cri de stupeur. La fille semble avoir reçu un coup juste sur l'étoilure qu'elle porte là. Et le plus affreux est que cette tache s'élargit à vue d'œil. On dirait que toutes les veines de son visage éclatent à la suite les unes des autres et que le sang se répand sous la peau. Déjà la moitié du visage est brûlé par l'étrange flamme qui met dans sa chair la pire des taches d'envie. La Malvenue ne paraît pas se douter qu'elle se défigure lentement. Elle fait mine d'avancer. Ils reculent tous. Ils ont peur, atrocement peur. On a dû jeter un sort à la fille. La flamme rouge mange tout le visage et s'arrête à mi-cou. Jeanne ne s'aperçoit de rien. Elle tient toujours la pierre à pleine main.

– Regardez plutôt l'homme qui est là, dit-elle en montrant le mur... Regardez-le...

Antoine se penche vers les femmes. Il leur parle bas avec inquiétude. Ses yeux ne quittent pas la main de Jeanne.

– En plus de ce mal qui vient de la prendre, murmure-t-il, je crois qu'elle est folle, elle prétend voir le trimardeur qui en ce moment est en prison...

La Malvenue a entendu. Elle se dresse, menaçante. Au-dessous de son cou, sa peau reste blanche. Elle crie soudain :

– Mais regardez donc... il n'est plus en prison, il est là, regardez vite, il part, il s'enfonce dans le mur, vite regardez...

Henriette sent sa peine se faire plomb ardent. Le plomb bout dans ses veines et brûle ses chairs. Cette peine est tellement devenue souffrance qu'elle perd conscience d'un seul coup. Antoine a juste le temps de la prendre dans ses bras et de l'allonger doucement à terre. La Galiotte reste là, raidie comme un épouvantail. Du plomb fondu a aussi couru dans ses veines mais il s'est tout de suite refroidi, maintenant il est durci. En se figeant, il fige la vieille et lui met un masque grisâtre sur le visage. Alors, sans baisser la tête, Jeanne parle à Antoine qui craint de la regarder en face.

– L'homme et Lucas ont raison... C'est moi qui ai mis le feu à la meule et c'est moi aussi qui ai poussé Blaise à mettre le feu aux Langlois... Je crois que je vais être damnée à jamais, mais je sais qu'avant, je peux sauver l'âme du père qui souffre depuis seize ans...

A ces derniers mots, la Galiotte s'anime et pousse un cri si aigu qu'Antoine sent son ventre comme creusé par un taraud tenu à pleine poigne par un maître charpentier qui, en plus, lui aurait posé ses genoux de chaque côté, l'un sur les cuisses, l'autre sur la poitrine. Dehors les gendarmes regardent vers la ferme. Ils ne savent pas pourquoi la vieille a crié.

Ce cri leur a mordu les flancs. Ils se lèvent et s'approchent de la porte.

– Dites?... crie de loin le brigadier qui n'ose pas entrer, dites? ce cri nous a fait craindre... Il n'y a rien de grave?... Dites?...

C'est alors que la Galiotte paraît dans l'encadrement de la porte. Elle vient de dos et sort à reculons. Elle descend la marche du seuil. Elle tend les bras devant elle et ses mains ont l'air de repousser une vision d'épouvante. Elle hoquette d'effroi.

Là-bas, à l'entrée de la cour, les chevaux piaffent soudain et hennissent d'affolement. Ils tirent sur la bride et cherchent à fuir. Le soleil se ternit. Chose étrange, un brouillard bleuâtre se forme, s'épaissit à vue d'œil et vire au jaune. Il oppresse comme oppresse le lent recul de la vieille qui, à présent, paraît folle de ce qu'elle voit et que les autres ne voient pas encore. Ce mauvais brouillard d'automne qui obscurcit le ciel quitte rarement la terre en plein été. Il est de ceux qui arrivent au beau milieu du travail et qui vous forcent à interrompre votre tâche. Il est fait de fumées épaisses, glauques, coulant comme une purulence et tiède comme un venin. Comment les gendarmes sauraient-ils qu'un brouillard semblable a pris l'ancien maître de la Noue, Moarc'h le Breton, alors que, de tout son poids, il aidait, voici bien des années, sa charrue à fouiller le ventre vierge de la Malnoue? Mais, s'ils ne avent pas, ils devinent que celui qui vient de se former annonce quelque malédiction. Ils le sentent, comme on sent à un mollissement du vent le moment où le beau temps va faire place à la pluie. C'est ce qu'ils éprouvent à présent. Leur gorge se serre comme s'ils avaient autour du cou la corde de chanvre d'une potence et que cette corde se tende par à-coups. Là-bas, les chevaux sont toujours aux prises avec leur peur de bêtes. Pour se défaire de l'angoisse, le brigadier s'aide d'un grand coup de voix.

– Au diable ces fumées d'enfer, jure-t-il.

A ce moment, la servante peut quelques paroles.

– ... C'est cette tête... elle... elle est... revenue...

Les gendarmes fixent le seuil de la salle. Antoine, qui est sorti par-derrière, vient vite se mettre à côté d'eux.

Alors, dans ce brouillard couleur de dégoût, apparaît, à hauteur d'homme, une tête écarlate, coupée à mi-cou. Cette tête quitte la salle et avance lentement, portée par les fumées. Antoine revoit soudain, avec netteté, la tête de pierre trouvée par Moarc'h. Les gendarmes sont tendus. L'épais du brouillard dévore la Galiotte. La tête s'approche encore.

Mais, comme s'il sortait d'un rêve, Antoine reconnaît le visage de Jeanne. Il se dit que la frayeur de la vieille s'est bêtement glissée en lui, qu'il n'a pas tout de suite compris que ce brouillard cachait le corps de la fille et ne laissait voir que son visage. Il avance la main mais détourne vivement son regard de cette face enlaidie où brillent des yeux à la pupille braise, au blanc strié de veinules bleues, sinueuses comme des racines d'herbes. Il allonge le bras et s'apprête à poser la main au hasard sur le corps de la fille. Il la lance fort pour bien toucher et, du même coup, se sortir complètement de ce cauchemar. Il lance son bras à la façon d'une lame de faux, à toute volée, mais elle ne rencontre rien d'autre que ce brouillard qui fait un socle à la tête écarlate de Jeanne Moarc'h.

Antoine reste un moment immobile, bouleversé à en mourir debout. La force lui manque de regarder où il aurait dû toucher. A ce moment, un vent léger vient s'étrangler dans la cour. Il fouette le fermier. Le soleil pénètre le brouillard et fait couler une lueur blanche. Alors Jeanne apparaît entière, le corps bien droit. Le rouge qui couvrait son visage s'est atténué. Il n'est plus que signe de colère. La Malvenue reste là, farouche, et fixe durement les gendarmes qui, derrière Antoine, prennent aussi conscience de leur méprise.

– Ça, alors!... s'exclame le brigadier.

Antoine ne dit rien. Maintenant il redoute que la fille s'accuse devant tous, devant ces deux-là aussi. Dans la chambre, Henriette est revenue à elle. Elle sort en se tenant aux murs. Elle ne sait plus où elle est. Antoine va la soutenir mais n'ose lui expliquer. La Galiotte se tient contre la porcherie, un genou à terre. Proche est Lucas gémissant la douleur qui lui vient à chaque montée de sang. Le soleil crève le brouillard et le dissipe. Jeanne reste là, serrant toujours la pierre maudite dans sa main. Et, doucement, une force apaisante l'attire vers les hauts de Sologne. Ses traits s'adoucissent. D'un pas tranquille et assuré, elle quitte la cour.

– Reviens, Jeanne! crie Antoine qui pressent un drame.

Et, d'un geste autoritaire, il entraîne les gendarmes.

En les voyant venir à elle, elle fuit à toutes jambes et, sans hésiter, prend le chemin de la Malnoue. La force qui l'attire la porte et l'aide. Ses jambes ne fatiguent pas. Sa course, à la fois souple et vive, lui procure un plaisir indéfinissable. Derrière elle, les hommes peinent à la suivre. Ils l'appellent à grands cris mais elle ne les entend pas. Dans sa main, la pierre vit à nouveau, par à-coups. Elle palpite. Bientôt, la Malvenue croit sentir des doigts qui crochent les siens. Ils lui semblent suivre un bras et un corps invisible.

Les hommes, eux, trébuchent à chaque pas. Cette poursuite leur paraît le plus pénible des labeurs. Ils sont pourtant résistants, plus résistants que cette échevelée à qui il a poussé comme des ailes et qui va sur le chemin sans paraître le toucher. Ils courent et, entre leurs appels à la fille, ils jurent de douleur. A chaque instant, l'ornière happe un pied et le tord. Jeanne arrive rapidement au trou d'eau. Maintenant les doigts de pierre serrent et tirent avec une telle force qu'à plusieurs reprises elle manque de tomber. La terre jadis arrachée par son père à la Malnoue est sous ses pieds. Jeanne court droit vers les joncs du marais. Le soleil frappe violemment leur peau verte qui prend la chaleur et rend la fraîcheur. Elle contourne la muraille d'herbes géantes. Sa course s'arrête brusque. Devant elle, entre les joncs, s'offre une ouverture juste suffisante pour le passage d'un corps comme le sien. On dirait que deux bras qu'elle ne voit pas les écartent et les retiennent de chaque côté. Au bout de ce couloir à la couleur tendre, l'eau de la Malnoue brille, attirante tel un diamant de légende. Brusquement, la Malvenue se souvient. C'est à cet endroit que lui est apparue cette lavandière de nuit. Elle a un serrement de cœur mais obéit à la pression des doigts de pierre. Elle avance. Ses pieds s'engluent dans la terre pourrie. De gros lézards verts se glissent entre les pieds des diagous, un rat aux poils longs, crottés de boue, la regarde, immobile, et ses petits yeux noirs luisent intensément. Apeurées, des grenouilles bondissent sur la vase autour de Jeanne et vont crever l'eau calme. Elle avance. Ses jambes peinent. Alors, les doigts de pierre desserrent leur étreinte. Jeanne s'arrête. Un poids appuie sur ses épaules. Jeanne s'enfonce. Déjà la chair de ses cuisses se glace dans l'eau. Autour d'elle s'étale la grosse cloche que fait l'étoffe de sa jupe. Un froid se colle à son ventre et y éteint le feu qu'elle y sentait depuis la veille. Le poids l'enfonce avec plus de force. La vase plaque le corsage et caresse la poitrine. La cloche de la jupe a fini par disparaître dans le marais. Ses épaules entrent à leur tour et disparaissent avec le bruit du liquide trop chaud qu'on aspire dans la cuiller. Comme des mains qui veulent étrangler, la vase se précipite sur son cou et l'enserre. Jeanne tend en l'air le bras qui tient la pierre maudite. On dirait qu'elle ne veut pas la redonner tout de suite à cette Malnoue exigeante et cruelle. Elle réussit à rire et il y a de la moquerie dans son rire comme si elle jouait. La vase pose brutalement ses doigts visqueux et fétides sur sa bouche. La Malvenue serre les lèvres. Elle est soudain horrifiée et ne peut hurler son horreur. Elle vient seulement de comprendre qu'elle est maudite. Elle est hagarde comme un animal pris dans un collet. Elle essaie de se défendre mais n'a qu'un spasme d'agonisante. Son bras se détend. Il commence à la suivre dans la tombe mouvante. Ses beaux yeux de braise, restés grands ouverts, s'éteignent sous des paupières de vase. Ses cheveux sont ramenés comme si la terre pourrie les tirait pour les nouer en chignon. A leur tour ils disparaissent. Il ne reste plus de la Malvenue que sa main refermée sur la pierre. Le caillou paraît incrusté entre les doigts repliés. Pour l'en séparer il faudrait trancher le poignet. C'est par la seule volonté de Dieu ou du Diable qu'un mort emmène un objet avec lui dans son trépas. C'est avec la seule volonté de l'Un ou de l'Autre qu'il le rend. La vase se tord à gros bouillons autour de cette main qui, brusquement, écarte ses doigts morts et laisse tomber dans le marais la pierre qui porte l'œil, le nez et la bouche du mal.

~

A ce moment, au bourg, dans l'enclos des morts, le fossoyeur, qui approfondit encore la tombe qu'il creuse, entend un long soupir suivi d'un autre, plus bref. Il se redresse. Il n'a pas souvent de compagnie et, ce matin, il a envie de causer. Il va pouvoir remuer un peu sa langue immobile dans sa bouche et endormie telle une marmotte. Il pose sa pelle contre la paroi de la fosse et, avec peine, sort de son trou. Ses vieilles jambes sèches craquent. Il regarde. Personne n'est là. Il n'a pourtant pas rêvé, il a bien entendu des soupirs qui venaient de la rangée au bout de laquelle il creuse. Il a un regard autour de lui. Il pense à la vieille porte qui l'avertit mieux qu'une cloche. Elle est fermée. Alors il se dit qu'il a bel et bien dû rêver, qu'il a eu des visions... à son âge... tout de même... Il marche et se trouve à hauteur de la tombe de ce Breton de la Noue. Soudain, il pense à sa fille qui est venue la veille. Bon sang, mais pourquoi y pense-t-il aussi intensément? Il se le demande un instant et, avant de retourner creuser, pose son regard sur la dalle de Moarc'h. Aussitôt, il sursaute. On l'a remise bien à plat. Le morceau qui, le matin encore, manquait à l'angle de la pierre, y a été recollé avec une telle adresse qu'il n'y paraît plus rien. La croix est solidement fichée en terre. Elle donne l'impression d'avoir pris racine. Tout autour de la dalle, l'herbe vorace a été arrachée. Et personne n'a pu faire ça sans que grince la porte agonisante, sans qu'il s'en aperçoive, lui qui entendrait respirer un enterré vif.

~

Antoine arrive le premier à la Malnoue. Il ne voit que l'épais mur des joncs verts qui bruissent frais. De grosses gouttes de sueur lui coulent partout. A leur tour, les deux autres sont là. Ils regardent d'abord les joncs, puis le fermier. Pendant un court moment, on n'entend que la cadence inégale de leur respiration d'hommes en efforts et en angoisse.

– Jeanne!... Jeanne!... où es-tu donc?... crie enfin Antoine.

A ce moment, les appels leur font faire volte-face. Courant depuis le chemin des Coudray, éloigné de quelques portées de fusil, viennent deux hommes. Ils ont de grands gestes affolés. Antoine les reconnaît, ce sont les domestiques des Bourrées. L'un c'est Marcellin, le Solognot de Sainte-Montaine; l'autre, c'est Gervais, le Beauceron. Ils rentrent de faire du bois et portent sur l'épaule de grands crochets à rouler les troncs. Ils sont bientôt là. Leur voix peine à dire.

– ... On l'a vue aller dans le marais... Venez, on sait où elle est...

Ils avancent vers la Malnoue et, sans crainte de s'enliser, écartent les joncs. Ils sont juste à l'endroit où Jeanne a trouvé le passage vers sa mort.

– ... C'est là... on a bien vu, Marcellin et moi... Pour sûr qu'elle est folle votre Jeanne...

Ils ont un regard vers les gendarmes.

– ... A moins qu'elle ait fait mal... ajoute Gervais, en baissant la voix.

On ne distingue que quelques tiges brisées et à demi enfoncées dans la vase. Antoine a un coup de dépit. Il prend un des crochets à tronc des domestiques et avance d'un pied ferme dans le marais. Les autres vont et viennent, indécis, faisant des gestes inutiles.

– Prenez garde, crie le brigadier.

Et il saisit l'autre crochet et suit le fermier. Les deux hommes enfoncent jusqu'aux genoux. Tout de suite, ils plantent les crochets dans la vase. Leur souffle est bref. Ils cherchent à sentir la chose molle qui, à présent, doit être la dépouille de la Malvenue. Enfin, les autres trouvent des perches et entrent à leur tour dans la vase. Bientôt, ils sondent à leur tour la terre pourrie. Par moments, l'un d'eux a un cri. Tous le regardent mais ce cri n'est que le cri de peur que donne le marais en essayant d'emprisonner une nouvelle proie. D'un mouvement brusque, celui qui a crié ramène sa jambe sur une partie qui lui paraît plus solide et, un moment, il appuie avec assurance, mais le fond cède à nouveau; alors il ne peut s'empêcher de crier encore, et chacun croit encore qu'il a trouvé. Et à chaque fois ils s'y laissent tous prendre.

Soudain, Gervais les appelle. Sa perche a heurté et glissé sur une forme allongée. Retenu par la vase, chacun est long à faire cercle autour du domestique des Bourrées. Enfin, les uns après les autres, ils tâtent avec leur perche cette forme longue et étroite qui ne peut être que le corps raidi de Jeanne. A cinq hommes on fait du bon travail, mais il ne faudrait pas que le sol s'entrouvre sous les pieds à chaque effort. Peu à peu le marais paraît relâcher son emprise. Le corps remonte insensiblement et s'allège à mesure. Il n'est plus loin de la surface. Antoine lâche le manche qu'il tire avec Gervais, et plonge les bras dans la vase. L'angoisse d'Antoine ne peut empêcher ses lèvres de se plisser de dégoût. Il rapproche les mains et saisit à bras-le-corps. Il a tout de suite un regard d'étonnement vers le brigadier. Il pensait sentir une chair molle. Ses mains touchent une peau rugueuse et solide.

– Donnez-moi donc un coup de main, jure-t-il.

A présent tous tiennent la longue dépouille raidie... « Ça n'est pas la Jeanne... » pensent-ils.

Mais ils ne disent rien. Ils luttent à la fois contre le marais et contre l'horreur du moment qui les rend livides.

Ils réussissent à l'arracher de sa prison liquide. N'étant plus soutenue par la vase, la chose pèse aussitôt d'un poids de roc. Ce n'est qu'une longue pierre, dégoulinante de vase et puant l'odeur d'herbes pourries. Ils vont la laisser retomber, mais, avant, ils regardent Antoine. Celui-ci hésite dans ses mots.

– ... C'est pas... et pourtant!... On dirait le corps de la Jeanne... Des fois?...

L'émotion décompose son visage. Ils tirent la pierre sur la terre solide. La vase s'écoule et laisse entrevoir une légère peau brune. C'est une statue ancienne qui n'a plus de tête. Les formes ressemblent tellement à celles de la Malvenue qu'ils croient rêver. De grosses mouches bleues et noires se posent aussitôt sur la statue et cherchent à faire ripaille de pourriture, tout comme si c'était une charogne.

– Le corps de Jeanne est comme ça... dit Antoine à mi-voix, les mains jointes en respect...

– Mais c'est pas elle... il faudrait une tête... répondent les autres sur un ton grave et monocorde.

– Pourtant le corps de Jeanne est comme ça... répète Antoine de la même voix qui fait plainte.

– Mais ça n'est pas elle... il faudrait une tête... répondent encore les autres sur le même ton grave et monocorde.

On dirait un chœur lugubre, semblable à un chant de morts auquel s'ajoute, en fond de musique obsédant, l'angoisse qui bourdonne dans la tête de chacun. Enfin, pour se détendre, le brigadier se penche et gratte la cassure du cou. Marcellin cogne du pied le ventre de pierre. Alors Antoine le repousse. L'autre lit un reproche dans ses yeux, tout comme si cette statue décapitée était bien le corps de la défunte Jeanne Moarc'h de la Noue et que son geste avait pris forme de profanation.

Toussaint 1946 – Pâques 1948
En l'Auberge du Cheval-Blanc
à Sainte-Montaine
dans le Cher

Achevé d'imprimer
le 10.9.89
par Printer Industria
Gráfica S.A.
08620 Sant Vicenç dels Horts 1989
Depósito Legal B. 29148-1989
Pour le compte de
France Loisirs
123, Boulevard de Grenelle,
Paris

Numéro d'éditeur : 15728
Dépôt légal : septembre 1989
Imprimé en Espagne